新潮文庫

希望のゆくえ

寺地はるな著

新潮社版

11862

目次

希望のゆくえ

柳瀬誠実と弟の話　1

　母から預かった弟の部屋の合鍵には、真珠がついていた。ほんものではない。真珠を模したビーズが数珠状に連なって、鍵の穴に通してある。いかにも素人の手芸じみたその数珠は、おそらく母の手によるものではないだろう。むろん弟でもない。ふたりともそんな趣味はないはずだと思ってから、そう断言できるほど彼らのことを知らないと気がついた。

「なにかあった時のための用心に合鍵を預かったのよ」

　母はこちらがなにも訊ねていないうちから、妙に言い訳がましかった。「ほんとうよ」と幾度も念を押すので、嘘だとわかった。はやく会話を切り上げることに頭がいっぱいで、この稚拙な手芸品をつくったのが誰なのかということは結局聞きそびれてしまった。

たよりなく軽い模造真珠を手の中でもてあそびながら、誠実は弟の住むマンションに向かって歩いている。

昔から勘が良いとは言い難かった。そんなことにも気づかなかったの？　などと周囲の人間にあきれた顔をされる機会も多い。けれども今朝ポケットの中でスマートフォンが振動しはじめた時、誠実の直感がはたらいた。電話をかけてきたのは自分の嫌いな相手に違いないということ。それから、厄介な用件だろうということ。

でもここでは電話に出られない。周囲をみまわし、無視を決めこんだ。ポケットから取り出して名前をたしかめることすらしなかった。電車の中で電話に出るのはマナー違反だ、と思うことで厄介ごとを先送りしたのだ。

朝の電車に乗るたび、子どもの頃に使っていたおもちゃ箱を思い出す。箱は透明なプラスチックの抽斗（ひきだし）つきの、本来は「衣装ケース」と呼ばれる類（たぐい）のものだ。玩具（おもちゃ）をぎゅうぎゅうに詰めこむと、薄いプラスチックの箱はたわんで不細工なかたちになった。毎度乱暴にしまうから、紙製の飛行機はひしゃげ、ロボットは傷だらけになった。そのことに奇妙な満足感をおぼえてもいた。どこかが損なわれることでようやく自分のものになったと実感できる。

電車に乗りこむ時、たまに視線を上げて確かめる。人間をここに押しこんで、これでお前らはぜんぶ俺のものだと主張する大きな手がそこにあるのではないかという気がしてならない。

電車を降りると思い出したように額に汗が噴き出した。六月の朝の空気は湿気をたっぷり含んで重い。会社へと急ぎながらスマートフォンを取り出し、電話をかけてきたのが母であることをたしかめた。

「桃を届けてくれるはずだったのよ」

「もしもし」も、「おはよう」も、ましてや「朝早くにごめんなさいね」もなかった。電話に出るなり母は桃の話をはじめた。

希望(のぞむ)さんと約束したのよ。電話にも出てくれないのよ。おかしいでしょう。母の声が鼓膜(こまく)を引っ掻(か)き続ける。こめかみがちくちくと痛んだ。昔から勘が良いとは言い難かった、なのに悪い予感だけはこんなふうに時々当たる。

希望は誠実の弟で、今は市外のマンションでひとり暮らしをしている。桃をもらったから、今晩お母さんのところに持っていくよ、と一昨日(おととい)の朝に電話をかけてきたのだという。桃は母の好物で、希望は桃に軽いアレルギーがあるから食べられない。

「それなのに来なかったの、おかしいでしょう」

「忘れてただけじゃないの」

勘弁してくれよ。その言葉は喉の奥に押しこんだ。そんなどうでもいい話を朝からだらだら聞かされても困るのだが。

「だって、希望さんだもの」

律儀で几帳面。弟はそういう男で、だから「忘れていた」というのはたしかにすこし不自然な気もした。母は、急な予定が入ったのならば電話のひとつも寄こすだろうし、なによりこちらから何度電話をかけても出ないのはおかしい、なにかあったのに違いない、一昨日、仕事中にとつぜんいなくなって、昨日は会社を無断欠勤したっていうのよと言い募った。

「どうしてわかるの。会社に電話でもかけたの」

「あたりまえでしょう、母親だもの」

あいつもう二十八歳だよ。思わずそう言ったら、電話の向こうで母が不機嫌そうに押し黙った。

希望はマンションの管理会社に勤めている。一昨日の日曜日に、とあるマンションを訪れていたという。その日は月に一度のマンション管理組合の理事会の日だった。話し合いを進行させ、議事録をまとめるのが希望の役割だ。

ところがそのマンションで火災が発生し、消防車がかけつける事態となった。幸いボヤで済み、騒ぎがおさまった頃に理事会がはじまったが、そこに希望の姿はなかった。

理事会に出席するはずだった住人の女性と一緒に駅に走っていくところを誰かが見たという。女性はボヤ騒ぎをおこした部屋の住人で、同居していた女性の父親は「娘が火をつけた」と主張している。

会社側も、日曜日からずっと希望と連絡が取れずに困っているらしい。

それは、と言い淀んで、スマートフォンを持ち替えた。母はどうしてそちらを先に言わなかったのだろう。桃のことなんかどうでもいいではないか。それとも母にとっては「息子が自分との約束をやぶった」ことのほうが重要なのか。

住人の女性が火をつけた？　その女性と希望が、一緒に駅に走っていった？　いったいなにが起こっているというのか。次から次へと耳から注ぎこまれる情報に、脳の処理が追いつかない。

「かけおちじゃないかって言われたのよ」

母は「かけおち」を忌まわしい呪文のようにおそるおそる口にする。かけおち。誠実にとってはすこぶる前時代的な単語だった。古めかしすぎてむしろ滑稽にすら感じられる。

「許されない恋でもしてたわけ、うちの希望くんは」

いっそもっと不機嫌になってこの電話を叩き切ってくれたらいいのに、母は「それでも連絡がないのはおかしい」と、そればかり繰り返す。

「わかった、わかった、わかったから」

「希望さんはだって、そんな子じゃないもの」

誠実さん、あなたと違ってね。そう言いたいのかもしれない。

「俺のほうからも電話してみるから」

「電話じゃなくて、仕事が終わったら部屋に行ってちょうだい。合鍵はうちにあるから」

うんざりして額に手をやったら、指先が生あたたかく濡れた。ただの自分の汗なのになにかとても汚らしいものに触れた気がして、何度も何度も指をハンカチで擦った。

その不快な感触がよみがえって、鍵をもてあそぶのをやめた。厄介な用件はさっさと終わらせてしまうに限る。歩く速度を速めた。仕事を終えてから実家に寄って、合鍵を受けとり、その足で向かっている。遅くなる、と妻に連絡しようかと考え、結局しなかった。

弟の部屋を訪れるのははじめてだった。弟を自分の家に招いたこともない。

あんなにも心配しているくせに、母は自分では希望に会いに行けないのだ。「かけおち」をした女と希望の部屋で鉢合わせたりしたら冗談ではなく母は卒倒するかもしれない。いや、場合によっては死ぬかもしれない。

希望がまだ高校生だった頃に、一度だけ家に女の子を連れてきたことがある。おつきあいをしているのかと母に訊(き)かれて、照れるでもなく鬱陶(うっとう)しがるでもなくあっさりと「そうだよ」と答えていた。

凡庸(ぼんよう)な顔と雰囲気の少女だった。こういう子がいいのか、とすこし意外に思ったことを覚えている。駅前に「パンダクリーニング」というクリーニング屋があって、その娘だというようなことも聞いた。自宅はその裏にあるという話で、だから誠実はその周辺を通りかかるたびになんとはなしにその家を見ていた。「山田(やまだ)」という表札がかかっていて、なぜパンダなんだ、そこはヤマダクリーニングではないのか、と今思えば余計なお世話としか言えないような感想を持ったことも覚えている。

その後、しばらく母は様子がおかしかった。虚空(こくう)を見つめてぶつぶつ言い出したり、そうかと思えば希望の顔を見つめて突然はらはらと涙を流しはじめたり、ほんとうに気味が悪かった。父はそんな母の様子を見るたび苛立(いらだ)って大声を張り上げるし、地獄としか言いようのない時期だった。もっとも天国の時期など、柳瀬家には存在しないのだが。

インターホンを鳴らしたが、反応はない。鍵をつかってドアを開けたら、甘い匂い(にお)がした。

「希望、いるのか？」

声をかけながら、手探りで電気のスイッチを探した。

かけおち、に続いて「心中」という穏やかでない単語が浮かんだが、玄関には女物の靴はない。明るくなった玄関にはちりひとつ落ちていなかった。まだ新しいスニーカーが一足、きちんと端に寄せてそろえられている。

間取りで言えば1LDKといったところか。きちんと片付いてはいるがインテリアにはこだわりがないらしく、どこにでもあるような家具が並んでいる。ソファーもベッドも、量販店で買ったものだろう。皿一枚、ティッシュケース一個にいたるまで妻のこだわりに満ちた自分の家を思い出して、ふいに喉がふさがれたようになる。

台所に入ったら甘い香りが濃くなった。流し台に置かれた紙袋をのぞきこんで、そこに桃が入っていることをたしかめる。すでにいたみはじめているのか、ところどころ黒ずんでいた。

流しには飲み残しのコーヒーが残ったマグカップがひとつ置かれている。生活の名(な)

残(ごり)はあるが、昨日も一昨日もこの部屋の主(あるじ)は帰っていないのだろう。だって、空気が淀んでいる。

なにか水音のようなものが聞こえた気がして、浴室に向かう。

音はしかし、誠実の気のせいだったらしい。乾ききった浴室はしんとして薄暗い。バスタオルが一枚、洗濯機にほうりこまれているのを確認した。

部屋に戻って、棚の抽斗のひとつがすこし開いているのに気づいた。整然とした部屋の中で、それは妙に目立った。

重要なものをまとめておく抽斗だったのだろう。部屋の契約書やら、保険証券が入っている。不自然な隙間(すきま)が空いているのは、ここからなにかが取り出されたことを意味している。おそらく通帳とか、そういった類のもの。

クローゼットを開けてみる。がらんとして見えるが、洋服類が持ち出されたのか、もともとの手持ちの服が少ないのかは判断できかねる。ただ希望が当面ここに戻る気がないことは間違いなかった。マグカップも桃もバスタオルも「うっかり忘れていた」というよりはうち捨てられたように見える。この部屋まるごと、持ち主に見捨てられたのだ。

冷蔵庫の扉に古い家族写真が貼(は)られているのが見えた。誠実のアルバムにも同じ写真があるので、離れた位置からもそれとわかる。

夏休みを利用して、家族旅行に行った。たしか誠実が十六歳、希望が十歳だった。高校生にとっては家族旅行などほとんど罰ゲームに近い。それでも仲の良い家族だったら、すこしは違っていただろうか。やってらんねえよとふてくされつつも、それなりに楽しむことができたのだろうか。

天草（あまくさ）の真珠養殖場を見に行った。銀行に勤めていた父の古い友人がそこで働いていたのだ。母にはいつも怒鳴るように話しかけ、息子ふたりとは目を合わせない父は、他人に対してはすこぶる愛想が良かった。

父の友人が売店で母に真珠のネックレスを勧めていたことを覚えている。大粒の真珠は年齢を重ねた女性にこそ似合うのだから、今後のために今買っておくべきだと力説していたことも。

まあ、と真珠を手に取った母に、父が「豚に真珠だな」と言い放った。手にしていたネックレスをそっと元の位置に戻す母は微笑（ほほえ）んでいたが、手が震えていた。

誠実が結婚する時、披露宴で流すスライドショーに使うので子どもの頃の写真をくれと言われて、あの家族写真を渡した。ぎこちないながらも全員笑顔を浮かべ、いかにも仲の良い家族のように見えるから。

冷蔵庫に数歩近づいてぎょっとする。違う。誠実のアルバムに貼ってあるものと同じ構図、同じポーズでありながら同じ写真ではなかった。

撮影したのは件（くだん）の父の友人だった。カメラが趣味だと言っていた。一枚写真を撮ってから「もういいよ」と声をかけた直後にシャッターを切ると、リラックスした表情が撮れるんだよ、と教えてくれた。

これはきっと「もういいよ」の後に撮られたものだ。半目になって口もとがわずかに開いた母はひどく愚鈍（ぐどん）そうに見えるし、うつむき加減の父は小心で神経質そうだ。誠実はつくり笑いの名残を頰にはりつけているところが猿のようで醜（みにく）い。それに、希望は。

希望は。写真に手を伸ばしかけて、あわててひっこめる。触れることすらためらわれた。

どんな表情と言いようがない顔を、写真の中の弟はしていた。記憶の中にある弟の顔、どれとも違う。知らない子どものようだ。

希望。めったに呼んだことのない弟の名を口にしたら静かな部屋に大きく響いて、急に心もとない気分にさせられる。

お前、今、どこにいるんだ。

山田由乃の話
もしくはコニー・アイランドの踊り子

コニー・アイランドという地名を由乃(よしの)がはじめて知ったのは十六歳の時だった。コニー・アイランドはもちろんのこと、外国には一度も行ったことがなかった。小学校の修学旅行で行った広島、中学の時に修学旅行で行った長野、そのふたつだけが遠出の記憶だった。外国に行ったことがないのは、二十八歳になった今でも変わらないけれども。

He will say that I look like a Coney Island chorus girl.

彼は、私がコニー・アイランドの踊り子みたいに見えると言うでしょう。

『賢者の贈りもの』をもとにした英語教材の文章の一部だ。夫に贈る金時計の鎖を買うために髪を売った妻が、短くなった自分の髪を鏡で見ながらそう呟く。

お互いのために自分の大切なものを売った夫婦の愛も英文法も、記憶には残らなかった。ただその「コニー・アイランドの踊り子」という字面だけが強烈に刻まれた。

父のパソコンで検索して、コニー・アイランドがニューヨークの観光地であることを知った。ビーチ、観覧車、フリークショウ、独立記念日のホットドッグ早食い大会。漠然と想像していた「アメリカ」が、ぜんぶそこにつまっていた。

コニー・アイランドの踊り子は、金髪に違いない。きれいな頭骨の持ち主にしか似合わない、耳を露出させたヘアスタイル。化粧は濃い。びっくりするほど長い脚を組んで、物憂い雰囲気で煙草を吸う、かっこいい女の人。

十六歳の由乃の髪は長かった。校則で、肩より長い髪はみつあみにしなければならないと決まっていた。額の、いつも同じ場所ににきびができた。六歳から続けたバレエをやめる際「高校受験のために」と嘘をつく程度には、自意識過剰な少女だった。

いつも端役しかもらえない。それが、バレエをやめたほんとうの理由だ。端役を演じること自体は嫌ではなかった。ずっと端役なのに、必死こいてレッスンしててうける、と妹に言われたのだ。

「必死」も「うける」も嫌だ。うける、と言われるような立場に甘んじるのは耐え難い。

　コニー・アイランドの踊り子なら、他人の嘲笑(ちょうしょう)にびくつかない。そんなふうになりたい。架空(かくう)の彼女のことを、いつも、いつも夢想した。

　鏡の前で化粧を落とす彼女、足の爪(つめ)を赤く塗る彼女、名前も知らない彼女は、けっして由乃を見ない。他人のことなどどうでもいいの、と歌うように言う。

　由乃は彼女に憧(あこが)れ、それからほんのすこし、憎んだ。自分がぜったいにそうなれないことを知っていたから。

　行きたい場所がある、あんなふうになりたいと思う人がいる。そんなことはでも、誰にも話せなかった。ただひとり以外には。

　家のチャイムが二度鳴った。台所で卵を割っていた母が、あんた出てよ、と顔も上げずに言う。今日は日曜だ。口うるさい母親からあれを手伝え、こっちに来て手を貸せと言われるのはめんどうだが、あいにくなんの予定もない。

「お母さん出てよ」

　スマートフォンに視線を落としたまま答えた。「男性が敬遠するファッション・6選」という記事を読んでいるので、忙しい。

「あー、いやだ」

大袈裟なため息をついて、母が菜箸を置く。あんたはお尻が重いからいまだに彼氏もできないし、結婚もできないのよ、と言ってはならないことを言い捨てて、玄関に向かっていく。

誰か、男性の話している声がする。どうせなにかの勧誘なのだろう。日曜日の午後にご苦労なことだと思った時、母がスリッパの足音高く戻ってきた。

「ねえ、柳瀬って男の人が来てるけど、知ってる？」

母の言葉がすべて終わらぬうちに立ち上がった。柳瀬という名の知り合いは、ひとりしかいない。

「ちょっと待って」

待って待って、と慌ただしく髪を撫でつける。なんで急に家に来たりするんだろう？

最後に会ったのはもう五年も前だ。高校生の頃つきあっていた、柳瀬くん。卒業前に別れて、その後同窓会で一度会ったきりだ。

交際中に家に連れてきたことはなかったから、母は当然柳瀬くんを知らない。だいじょうぶなの？　あの人誰？　眉をひそめて、ちらちらと玄関を窺う。

けっして長くはない廊下を、伏し目がちにゆっくりと歩いていく。三和土（たたき）に立っていたのは、めがねをかけた長身の男性で、由乃がかつて好きだった柳瀬希望くんではなかった。

「柳瀬誠実といいます。希望の兄です」

とつぜんすみません、と頭を下げる。

「ちょっと、いいですか」

柳瀬くんのお兄さんなる人が視線を廊下の奥に向ける。振り向くと、母がヤモリのように壁にはりついていた。不信感を隠そうともしないふるまいに、むしろ由乃のほうがいたたまれない気持ちになる。

「外に出ましょうか？」

すこし考えてから日傘を手にとった。玄関の戸を開け放ったとたんフルボリュームで聞こえてくる蟬（せみ）の声に一瞬頭がぼうっとして、急いで首を振った。

「すみません、ほんとうに」

柳瀬くんのお兄さんが歩きながらまた頭を下げる。

「この先に公園があるので……」

高いところにのぼった太陽が、容赦なく狭い公園全体を照らしている。遊具もベンチも余すところなく熱されており、日陰が存在しない。公園の先の大型スーパーまで歩くことにした。入り口の近くにカフェスペースがあって、老人の溜まり場になっている。

この人、見たことある。カウンターでコーヒーを買う後ろ姿を眺めている時に、ふいに思い出した。一度だけ、家に行ったことがあるのだ。勉強を教えてもらう、という名目で。今日のような日曜日の午後で、両親とお兄さんが家にいて、由乃が訪問した時はちょうど三人で食卓を囲んでいた。モデルルームのようにすっきりと片づいていることにまず驚いた。由乃の家はもっと、雑然としている。食事中はかならずテレビがついているし、弟や妹が好き勝手に喋ってやかましい。

柳瀬家の三人は、背筋をぴしっと伸ばして、ひとことも口をきかずに食事をしていた。挨拶をする由乃に対してめいめい「こんにちは」と言ってくれたが、その口調もやけにぎこちなく、ロボットじみていた。

「なんか、異様な感じ」と思いつつも柳瀬くんが「行こう」とすたすた二階に上がってしまったので、急いで後をついていった。つきあっている、と言っても「異様な感じのご家族だね」と軽口を叩けるほど深い関係ではなかった。

辞去する時にはもうお母さんしかいなくて、またぎこちない口調で「さようなら」

と挨拶された。「ゆっくりしていけばいいのに」でも「また来てね」でもなく。

透明のプラスチックのカップを、柳瀬くんのお兄さんがテーブルに置く。黒い液体の中で、細かく砕かれた氷がぶつかりあう。

「最近、希望に会いましたか」

腰かけるなり、柳瀬くんのお兄さんが話を切り出す。

「いいえ」

連絡先さえ知らない。柳瀬くんのお兄さんが、じっと由乃の目をのぞきこむ。嘘をついていないかどうか、さぐるように。

良い話ではないだろうな、という気がした。導入からして不穏だ。

「……なにかあったんですか？」

「失踪(しっそう)したんです」

失踪。日常生活でめったに使用することのない単語だった。「いつ」と問う、どこか間の抜けた自分の声を他人のもののように聞く。

「六月の……そう、今から二週間ほど前ですね。マンションの部屋はそのままになっているのですが」

「柳瀬くん、今は実家にいないんですね」

「家を出て、ひとり暮らしをしてました」

ではまだ独身だったのだ。もうなんの関係もないのに、安堵している自分がいる。すぐに、そんな状況ではないと思い直す。

柳瀬くんは、分譲マンションの管理会社に勤めていたという。会社を無断欠勤し、また母親との約束をすっぽかしたことを不審に思い、お兄さんが合鍵を使って部屋に入った。

台所の流しに置かれたマグカップの中の、コーヒーの飲み残し。洗濯機にはまだ洗っていないバスタオル。母親に届けるはずだった桃。軽い思いつきでぽいと捨てられたような、そんな部屋に見えたそうだ。

衣類等がごっそり持ち出されているとか、そんな形跡はなかった。財布やスマートフォン、通帳の類は消えていた、とのことだった。

「事件に巻きこまれた、とか」

由乃の言葉に、柳瀬くんのお兄さんは虚をつかれたように顔を上げる。

「いいえ、それは」

いいえ、いいえ、と切実さのようなものさえにじませて何度も首を振った。

「電話があったんです。その後に一度。無事は無事なはず」

「あのさ、心配いらないから」と言われたそうだ。弟の番号だったし、弟の声だったと、柳瀬くんのお兄さんは言う。どこにいるんだと訊ねたら、その電話は切れた。かけなおしても出ないという。

「警察に連絡は」

「あ……それは、もちろん」

この人は柳瀬くんの失踪について、なんらかの大切な事実を隠している。そう気づいたが、由乃にはそれがなんなのかはわからない。事実の周辺だけを説明しようとしているように感じられて、だんだん腹が立ってくる。

「それであの、いなくなった時、女性と一緒だったようなのですが」

あの。柳瀬くんのお兄さんの視線が、由乃に向けられる。

「私じゃありません」

がくり。そんな効果音をつけたくなるほどに大きく、柳瀬くんのお兄さんの肩が落ちる。

「わかってます。すみません、その人があなたではないことはわかってるんです。でも弟と関わりのある人を他に知らなくて。弟の最近の交友関係もわからなくて」

「私が柳瀬くんとお付き合いしていたのは高校生の頃で、もう十年も前のことなんです」

ですよね、そうですよね、と何度も言われて、なぜか傷ついている自分に気がつく。そうだ、もうそんなにも昔のことなのだ。大好きだった柳瀬くん。その柳瀬くんは、由乃が願うほどには由乃のことを好いていなかった。

柳瀬くんのお兄さんが、額の汗を拭いている。きちんと折り目のついた白いハンカチ。左手の薬指に指輪が光っている。「結婚式の次の日に失くしちゃったんだよねー」という理由で結婚指輪をしていない伊沢の手をぼんやりと思い出した。

「希望のことで、なにかわかったら連絡もらえませんか」

わかっていない人だ。現在の柳瀬くんの連絡先さえ知らないのに「なにか」なんてあるわけがない。それでもいちおう、名刺を受け取る。スワロウ製菓という会社名が印刷されていた。

薄い眉。たよりなく細い顎。この人は柳瀬くんには、ちっとも似ていない。

「わかりました」

「あの、もうひとつ質問いいですか」

あなたにとって、希望はどんな人間でしたか。柳瀬くんのお兄さんのその質問の意図を捉えかねて、由乃は首を傾げる。どんなって、そんなこと訊いてどうするんだろうと呆れつつも、慎重に言葉を選ぶ。

「柳瀬くんは、とてもきれいな人でした。いつもやさしくて」

プラスチックのカップの中で、氷が溶け落ちるかすかな音がした。

目の前で、伊沢の手が動いている。きれいな手、というのとはすこし違う。肉が厚く、がっしりと太い指。けれども爪は常に清潔に保たれている。そこは好ましい。

資料をまとめて、クリップでとめる。その動作を眺めている由乃に気づいて、伊沢がちょっと笑った。

「ちゃんと手動かしてよ、山田さん」

ねえ。由乃にだけ聞こえるように、一段声を低くして続ける。

「今日、昼、一緒にごはん食べよ」

「はい」

由乃も声をひそめる。会議室には他に誰もいない。営業部の社員である伊沢と、その補佐をしている由乃が昼食をともにするのは、べつに秘密にするようなことでもなんでもない。ことさらに声をひそめるから、秘密になる。秘密の共有は距離を縮める。

会議室の扉が数回、叩かれた。妙にリズミカルな叩きかたでもう誰だかわかる。留学生のジャミルくんだ。手にしたポリ袋をがさがさいわせて入って来た。

「ゴミ、しつれいしマス」

カタカナとひらがなが入り混じったような喋りかたをする。数か月前から雑用をするためのアルバイトとして雇われている。

これからは我が社もグローバル化を図る、と社長が言うたび、社員は陰で嗤う。細々とめんつゆやだしの素をつくっている中小企業だ。社長にとっては留学生をバイトで雇い入れることがグローバル化なのかよとみんなで小馬鹿にしている。

由乃の足もとのゴミ箱を取るために、ジャミルくんが膝を折る。

「かわいいトケイ」

自分の手首を人差し指でとんとんと叩いた。視線が由乃の腕時計に注がれている。

「ありがとう」

ジャミルくんのまつ毛は長くて濃い。まばたきしただけで風がおこりそうだ。きれい、かわいい、すてきデスネ。ジャミルくんはよく、つたない言葉で女子社員を賞賛する。管理課のパート主婦のあいだでは「王子」と呼ばれている。ほんとに石油王の息子だったりして、などと言う人もいて、バカじゃないかと思う。そんな子が日本で苦学生をやっているわけがない。

ジャミルくんはかつて、バックパックを担いでいろんな国へと旅をしたそうだ。日本に来た時に、本人の言葉を借りると「ミンナやさしくて、ケシキがきれいデ」気に入ってしまい、留学を決意したのだという。そのエピソードもまた、おばさん連中を喜ばせる。日本びいきの外国人、というものが大好きなのだ、あの人たちは。くだらない。

ジャミルくんによる「いろんな国」の話を聞いてみたい。自分のその思いを、誰にも悟られたくない。ジャミルくんに興味を持っていると他人に知られるぐらいなら、おおげさではなく死んだほうがましだった。

「なんか、うれしそうだね」

ジャミルくんが出ていった後、伊沢がぽつりと呟く。

「え」

思わず頰を押さえる。無意識のうちに微笑んでしまっていたらしい。

「山田さんもああいうのが好きなの?」

ああいうの、という言葉に滲んだ侮蔑。それを由乃は「嫉妬」と受けとる。そういえばさっき、伊沢はジャミルくんと一切目を合わせなかった。

「そんなんじゃないですよ」

「あ、だよね」

とたんに伊沢が相好を崩す。

「はっきり言うけど、管理課のおばさんたち、イタいよね。あんな外国人の、息子みたいな年の男にきゃあきゃあはしゃいで、ほんと見苦しいって。山田さんはあんな頭湧いてるおばさんとは違うってわかってるよ、もちろんもちろん」

ジャミルくんは素敵な男の子だ。でも、そんなことはけっして口にしてはならない。外国から来た年下の男の子をもてはやすことはイタくて見苦しいことなのだから。

昼休みの開始を告げるチャイムが鳴って、伊沢が伸びをした。

「行こうか」

「はい」

視線を交わして、意味もなく笑った。

エレベーターを降りて歩く途中、すばやくウィンドウにうつった自分の姿を確認する。髪は特別に長くも短くもなく、色も明るすぎず、暗すぎないように。いつだって気をつけている。髪型もメイクも服も持ち物も。同世代の女性と比べてダサすぎてもいけないし、おしゃれすぎてもいけない。

コニー・アイランドの踊り子はそんなことは考えない。「男性が敬遠するファッシヨン・6選」なんていう記事は目にも入らない。流行すら気にせず、好きな色のアイシャドウをまぶたに塗りたくり、高いヒールの靴に足を入れる。

センスの良い人間ではない、という自覚が、由乃にはある。自分の好きなものを好きなように選んだら、きっとみんなにダサいとかイタいとか言われてしまう。おしゃれな人、センスの良い人になんて、なれなくてもいい。周囲の人に変だと言われない、ちょうどよい外見であれば、もうそれで充分だ。

隣を歩く伊沢もまた、ちょうどよい。既婚者であることを除けば。「あんな男のどこがいいの?」と周囲に笑われることもないだろう、伊沢程度の外見や、社会的立場の男ならば。

カフェに入って、ふたりとも「本日のパスタランチ」を注文して向かい合う。

「山田さん、また俺の手見てるでしょ」

伊沢の笑う声を、額のあたりで受け止める。いつも視線を落としているから、そうなる。手が好きなので、といつか酒の席で由乃が言ったことを覚えているのだ。男性と知り合った時まずどこを気にするかという質問に、手ですね、と答えた。まさか「顔」などと答えられるはずがない。たとえ本心であっても。

ふしぎだ。手も顔も同じ外見の一部分のはずなのに、あの人の顔が好き、などと言うとなぜ人間性を疑われてしまうのだろう。

好きで、好きでたまらない顔を持つ人が、かつていた。もうずっと以前の話。

「夏休み、どこか行った？　海とか、山とか」

答えようと口を開きかけた時、ちょうどほうれん草とベーコンのクリームソースのパスタが運ばれてきた。

休み明けに、伊沢が東北の妻の実家に行ったと会社の人に話していた。ふたりのあいだに子どもはいない。伊沢は由乃の三年先輩で、妻は伊沢の七歳年上だというから、由乃とはおよそ十歳近い年齢差がある。やっぱさ、女の人の十歳は大きいよね、という言葉は、由乃を満足させた。二十八歳は「ものすごく若い」とは言えないかもしれない。でも伊沢の目に映る由乃はきっと妻よりもずっと若く魅力的なはずだから。

「USJに行きました。学生時代の友だちと」

「とか言って、ほんとは彼氏なんじゃないの？」

いませんってそんなの。由乃がそう答えることは百も承知なのだろう。伊沢の目が心地よさそうに細められる。

「ちがいますよ」

「ほんとに？」

「ほんとに」

「ふしぎだよねー。なんで彼氏いないの?」

「いないんじゃなくて、できないんですよー」

運ばれてきたばかりだというのに、パスタははやくも冷めつつあった。白いソースの表面に膜が張りはじめていて、にわかに食欲がうせる。フォークで巻きとって、むりやり口に押しこむ。

「俺が独身だったら山田さんほっとかないのになあ」

この恋愛ごっこを盛り上げるための言葉を、必死でさがす。はやくしないと会話が途切れてしまう。伊沢が引いてしまうような重い回答ではいけない。いずれごっこでなくなっても構わない気がしている。でもそれはあくまで伊沢のほうからの熱烈なアプローチによってはじまるのでなければならない。こちらからぐいぐい行くような必死な女だと思われたくない。

「えー、うれしいです」

不自然に間があいたうえ、つまらない返答になってしまった。

「伊沢さんはどこか、行きました?」

「うん、青森」

妻の実家は青森にあったのか。観光にでも行ってきたような口ぶりだが。

「やっぱりこっちよりは涼しいんですか？」

「んー。それなりに暑かったな」

「でも、良いところですよね」

「良いところだよ」

由乃も伊沢も、妻の存在に触れない。触れないことで共犯者の気分を味わう。

「あーあ、俺も行きたかったなー、ＵＳＪ」

「おすすめですよ、関空からは意外と近いし」

「ちがうよ、山田さんと行きたかったってことだよ」

「楽しいでしょうね。一緒に行けたら」

まず絶叫系のマシンに乗って、それからねー、と架空のデートについて話す伊沢に、微笑みながら相槌(あいづち)を打つ。

薄っぺらな会話。こんな男、すこしも好きじゃない。

それでも、必要なのだ。だって伊沢以外に誰もいないのだから。由乃の日常の余白を埋めてくれる人間が。誰かに関心を持たれている時だけ、まだだいじょうぶだと思える。まだだいじょうぶ、私はまだ、だいじょうぶ。

悪いことはしていない。だって伊沢とはつきあっているわけではないのだから。それっぽい会話をして、雰囲気を楽しんでいるだけだから、だいじょうぶ。

「そろそろ行こうか」

伊沢は自分の時計ではなく、由乃の腕時計をのぞきこむ。顔がぐっと近づく。

「行きましょう」

伝票を掴んでレジに向かった伊沢が、ポケットをさぐり出した。あれ、と呟くのが聞こえた。あれ。あれ。ポケットのひとつずつに手をつっこみ、あれえ、と盛大に眉を下げた。

「財布、忘れて来たみたい」

「……もー、なにやってるんですか」

五千円札を出して、店員に「いっしょに」と告げる。無表情な店員の指がすばやくレジを打つ。

「ごめん。会社に戻ったら返すわ」

たしか先月も、こんなことがあった。それより以前に外回り中に、コンビニに寄った時も。その際にもさっきみたいに「会社に戻ったら返す」と伊沢は言っていたが、いまだに返してもらっていない。どちらも千円に満たない金額だったから、まあいいか、という気持ちだったのだが。

「サンキュー」

きわめて軽い口調で言い放ち、伊沢が片手を上げた。いえ、と首を振る。だいじょうぶ。まだまだ、だいじょうぶ。

柳瀬くんをはじめて見たのは、高校一年の夏休み直前のことだった。「ふくろさん」のことがきっかけで、その存在を知ったのだ。

ふくろさんは、高校の近くの公園に棲んでいた家のないおじさんだ。ベルトみたいにビニール紐を巻いて、そこに白いレジ袋をいくつもぶらさげていた。だから、ふくろさん。半径三メートル以内の人間の、鼻どころか目まで痛くさせるような臭気を放っていた。レジ袋の重みでずりさがったズボンから常に臀部が半分露出していた。自動販売機の横のゴミ箱から空き缶をひろって生活しているらしかった。

由乃はふくろさんがこわかった。得体の知れない相手というのが、おそろしくてならない。現れそうな場所はなるべく避けていた。たとえ近道であってもだ。ひとりの時は尚更。

その日の朝は、家を出るのがいつもより遅くなった。遅刻をさけるために、いやいやながら選んだ通りに、ふくろさんはいた。軽自動車がやっと通れるような細い路地で、ふくろさんは腰をかがめてゴミ箱を漁(あさ)っていた。息をとめて通り過ぎようとしたが、由乃の通学鞄(つうがくかばん)の金具が腰にぶらさげているレジ袋に引っかかってしまったらしい。袋が破れて、なかみがぼとぼとと落ちる音がした。

考える前に駆け出してしまった。背後でふくろさんがなにか怒鳴ったが、聞きとれなかった。存在そのものが恐怖であるふくろさんがものすごく怒っている。なにかされる。ぜったいなにかされる。路地を抜けて振り返ると、ふくろさんはこっちに向かって拳(こぶし)を振り上げていた。と思ったら、ぱっと振り返った。後ろからやってきた誰かがなにごとかを話しかけたらしい。その時点では、まだ「誰か」の顔はよく見えなかった。

男子高校生のふたりづれだった。学年ごとに決められているネクタイの色で、同じ一年生だとわかった。ふたりづれのひとりがしゃがんで、散らばったものを拾いはじめた。由乃にとってみればゴミ以外のなにものでもない、レジ袋のなかみを。

もうひとりは、すこし離れたところに立って、困った顔をしていた。柳瀬、遅刻するって。そう声をかけられて、しゃがんでいた男子生徒が顔を上げた。そこでようやく、由乃の立っている位置からも顔が見えた。

「さき、行っていいよ」

その白い頬や華奢（きゃしゃ）な骨組みから想像していたよりずっと低い声が、柳瀬と呼ばれた男子生徒から発された。

もうひとりの男子は「もー」と困った声を出しながらも先に行こうとはしない。それでも、拾うのを手伝う気はないようだった。触れたくないのだ。由乃と一緒で。

そういえば鞄の金具が、ふくろさんのあのレジ袋に触れたのだ。除菌ウェットティッシュでごしごし拭きたくなる。

散らばったものをすっかり拾い集めてふくろさんに手渡し、ようやく柳瀬くんは立ち上がった。そうして、歩いてきた。由乃はその場から動くことができずに、じっとしていた。近づいてくる。この人たちは、見ていただろうか。由乃の鞄がぶつかったせいでふくろさんのレジ袋がやぶれたところを。謝りもせずに走って逃げたことを。さっきより近づいたせいで、柳瀬くんの顔がよく見えて、だからますます動くことができなくなった。息をするのも忘れるほどだった、なんて、なんて、ああ、なんて、とばかみたいに心の中で繰り返した。なんてきれいな顔をしているんだろう。

柳瀬くんは、由乃に目もくれなかった。そこにいることさえ気づいていなかったのかもしれない。

「柳瀬、あんな変なのと関わるなよ」

由乃の前を通り過ぎる瞬間、柳瀬くんの友人が声をひそめてそう言った。

「あの人はべつに変な人じゃないよ」

「……がまた、ごちゃごちゃ言ってくるよ」

名前らしき部分は、よく聞き取れなかった。

「誰がなにを思っても自由じゃないの？　他人の心は他人のものなんだから」

さらさらと、砂のこぼれるような口調だった。

一度その存在に気づいてしまうと、どうして今まで目に留まらなかったのだろうと思うほど、柳瀬くんは目立った。光が当たっているように、どこにいてもすぐに見つけられた。

いわゆるスター的なタイプの生徒ではなかった。成績も存在感も、すべてが「ほどほど」の階層に属する、物静かな男の子。

ほどほどの男の子が良かった。人気のある男の子を好きになって、身の程知らずだと他人に嗤われるのはたまらない。柳瀬くんはでも、そのほどほどの集団の中でも際立ってきれいな顔をしていた。雰囲気が地味なせいか、みんなそのことに気づいていないようだった。「ほりだしもの」だった。言葉は悪いが。

渡り廊下ですれ違う時、校庭にいるのに気づいた時、すばやくその横顔を盗み見た。顔が好きだから柳瀬くんを好きになったのか、柳瀬くんが好きだから顔も好きになったのかわからなくなってしまうぐらい見つめ続けた。

交際を申しこんでからもそうだ。見つめて、見つめて、でも視線が合うことは、めったになかった。

柳瀬くんは一度も「いやだ」と言ったことがなかった。つきあってください。いいよ。一緒に帰ろう。いいよ。映画観にいこう。いいよ。ある時、気づいた。なにかしよう、と言うのはいつも自分のほうだと。

三年生になっても、ふたりの関係はそのままだった。放課後、一緒に帰る約束をしていた柳瀬くんがいつまで待っても現れないので、しびれを切らして迎えにいったことがある。

中庭で、二年生の女の子と一緒にいた。二年生の女の子は遠目にもわかるほど大きく肩を震わせて泣いていた。

「あの子に、告白されたの？」

校門を出てから問うと、柳瀬くんはあっさりと頷いた。

「そうだよ。つきあってくださいって」

「それで、どうしたの」

「断ったよ、そりゃ」

「どうして？」

「どうしてって？」

由乃をまじまじと見て、柳瀬くんは薄く笑った。

「どうしてって、今山田さんがいるからだよ」

立ち止まったが、柳瀬くんはそのまま歩きつづけた。

ねえ、山田さんは僕になんて言ってほしかったの？　柳瀬くんがそう言ったような気がしたが、もしかしたら由乃の思いこみなのかもしれない。

なんて言ってほしかったかなんて、決まっている。「山田さんが好きだからだよ」と言ってほしかった。他の誰でもない、山田さんだけが好きなんだよ、と。

たとえあの二年生の女子の告白を由乃との交際以前に受けたとしても断ったと、そう言ってほしかった。「山田さんがいるから」という言葉には、愛情も執着も含まれていない。単なる先着順だと言われたも同然ではないか。

柳瀬くんから好かれていない。唐突にそのことに気づく。いや、ほんとうはずっと前から気づいていて、気づかないふりをしていた。もしかしたら女の子とつきあうということそのものが、柳瀬くんにとっては重要な事柄ではないのかもしれない。たとえばふくろさんのものを拾ってあげるとか、そういうことと同列の、ある種の親切のようなもの。

ねえ、つきあうのやめない？　由乃がそう伝えた時も、柳瀬くんはやっぱり「いいよ」と言った。うん、いいよ、わかった。それで、終わった。

今から会えない？

伊沢からメッセージが届いたのは、金曜日の夜のことだった。もうお風呂に入って、化粧も落としてしまった。すこし前なら、喜んで「行けます」と即答していたかもしれない。でも今はただただ、億劫だ。

柳瀬くんの失踪を知ってからずっと、うっすらと暗い場所に立っているような気がする。伊沢の存在が急速に光を失っていく。

じゃあ一時間待ってください。

それでもなんとかそう返信して、化粧ポーチを開いた。

指定された場所は会社の近くのファミリーレストランだった。そのことにもまた、すくなからず落胆している。あのべかべかと明るい照明の店で、周囲の騒音に負けないように声をはりあげて会話をしながらおいしくもない食べものや飲みものを口にするのかと思うと、それだけで気が滅入る。会社の人に会うかもしれない、という可能性を伊沢は考えなかったのだろうか。

伊沢は店の駐車場で待っていると言った。白い乗用車を見つけて、すこしだけ気分が晴れた。ファミリーレストランはただ車を停めやすい場所として指定しただけで、どこかドライブに連れていく気かもしれない。

「あ、あ、待って、ちょっと待って」

助手席のドアを開けてのりこもうとしたら、伊沢は信じられないほど声を裏返らせた。こんな状況でなければ、笑い出していたかもしれない。

「すぐ降りるから待ってよ」

「のっちゃだめなんですか?」

いやいやいやいやいや。転がり出るようにして車を降りた伊沢が、助手席側にまわりこんでくる。

「前に知り合いの女の子のせたら、うちのがすげえ怒ったんだよね」

助手席のシートにくっついていた長い髪の毛を拾い上げて伊沢の妻は、伊沢の言葉を借りれば「キーキーわめいて」伊沢を責めたという。

「いや違うんだよ、その子とはなにもないの、ほんとになにもなかったの。なのに逆上しちゃってさ。めんどくさいんだようちの、だから俺、自分の車には女の人をのせないことにしてんの、ごめんねーほんとに」

額に汗を浮かべて言葉を継ぐ伊沢を見ながら、手足がどんどん冷えていくのを感じる。

「奥さんのこと『うちの』って呼ぶんですね」

その言葉をどう受け止めたものか、伊沢は突然、余裕を取り戻した。

「うん。ま、そういうこと。コーヒーでも飲もうよ」

さ、行こう。由乃の背中を軽く押して、歩き出す。窓際の席に腰を落ち着けて「ドリンクバーふたつ」と、由乃に了解もとらずに注文した。

「割引券あるから」

財布からちいさな紙切れを取り出すのを見て、げんなりしてしまう。割引券を使うことが悪いのではない。財布をさぐっているときにまるまった背中が、殴りつけたくなるほどみじめったらしい。

「あれ、山田さんノーメイクなの?」

「いいえ」

めんどうだったが一応眉を描き、口紅を塗ってきた。ファンデーションを塗っていないから、伊沢はそれを「化粧をしていない」という状態と認識したらしい。

「いいんじゃない？　俺、じつは厚化粧の女の人ってだめだからさ」

いつもならば、その言葉に安堵したかもしれない。そっか、男の人ってやっぱり厚化粧はだめなんだ。よかった、などと。けれども今はただただ、腹が立つ。

だめってなに？　なんであんたが決めるの？

「それで、なにか用ですか？」

言ってから、自分の声のつめたさに驚く。

隣のテーブルでは、大学生ふうの男女四人組がだるそうにコーラを啜ったり、スマートフォンをいじったりしている。ひとりがこちらを一瞬見たが、またすぐに興味なさげに視線をそらした。

「あ、うん」

伊沢が持ち上げかけたマグカップを置く。じつはさ、と上目遣いに由乃を見た。

「ちょっとトラブルおこしちゃって」

「トラブル？」

「うん。いや、たいしたことじゃないんだけどね。飲み屋でへんなやつに絡まれて、殴っちゃってさ。たいした怪我（けが）じゃないんだけど」

「はあ」

「うちのには言えないしさ。ほら、あいつ、ヒステリー気味だからさ、そういうこと話すと、いろいろめんどくさいんだよね」

内緒だよ、とでも言うように、伊沢が人差し指を自分の唇に当てる。「ほら」と言われても、由乃は伊沢の妻の顔も知らない。

「それでさ、ほんとに、ほんとに悪いんだけど、山田さんに貸してもらえないかなーと思って。冬の賞与で返すからさ。その……」

そこで言葉を切って髪をかき上げ、ふう、と息を吐く。みょうに芝居がかった仕草だった。

「五万円、ぐらい……」

返事をしない由乃の顔を、伊沢がのぞきこむ。

「こんなこと、山田さんにしか頼めなくて」

こんなこと、山田さんにしか頼めなくて。復唱したら、肩が震えた。下を向いて、口もとを押さえる。五万円。じつに微妙なところをついてくる。

「どうして私にしか頼めないんですか？」

伊沢に、というより、テーブルに向かって発した言葉はそのままはねかえって、由乃の額を打つ。かるい痛みが走ったが、むしろそれは心地よかった。

「伊沢さん」

ねえ、伊沢さん。名を呼んだ声が思ったより小さくて、深呼吸してから、あらためて口をひらいた。

「俺に惚れてるこの女なら、五万円ぐらいほいほい渡してくるだろうって思ったんですか。『こんなこと、山田さんにしか頼めなくて』？　そう言ったら私がほだされると思いました？　ねえ。なんですか、飲み屋でトラブルって。そんなしょうもない嘘あります？　仮にほんとうだとしたら引くんですけど。なにそれ、十代の男の子じゃあるまいし。知らない人とケンカって。まさかそのエピソード、かっこいいとか思ってないでしょうね」

隣のテーブルの客が、こちらを見ているのがわかった。ちょっと、ちょっとちょっと。車に乗りこもうとした時と同じく、伊沢が声を裏返らせる。

「声が大きいよ、山田さん」

「大きな声で話されちゃ困りますか？」

「困る、困るよ。会社のやつらがいたらどうするんだよ」

伊沢は醜い。はっきりとそう思った。伊沢だけでなく、自分もだ。お互いに「こいつぐらいならいけるだろう」と思った相手から伊沢は金銭を、由乃は肯定をたかろうとした。自分は他人に求められるに足る存在であるという肯定を。

「かっこわるいじゃん。ほら、みんな見てるし」

首をすくめて、伊沢が周囲を窺っている。

「そうですね。みんな見てますね」

由乃の肩がふたたび震え出す。こんどはがまんできずに、笑い出してしまった。傍目には、頭がおかしくなったように見えたかもしれない。のけぞるようにして、由乃は笑い続けた。腹筋が攣って痛い。目尻に涙がにじむ。

「誰が見ていようがいまいが、かっこわるいんですよ、あなたも私も」

ぴょこん、と立ち上がったら、伊沢がびくっと身をすくめた。殴られると思ったのかもしれない。

「おつかれさまでした。じゃ、また会社で」

ファミリーレストランを出て、大股で歩き出した。夜風がつめたく、心地よい。どこかで虫が鳴いているのが聞こえてきて、もう夏が終わるのだと知る。

水溜まりを見つけて、とびこえた。そのまま二度続けてジャンプする。バレエをやっていた頃のようには高くとべなかった。

一度だけ、柳瀬くんが「いいんじゃない」と言ったことがある。「いいよ」ではなく。進路について話していた時だった。

五月のことで、ふたりは中庭のベンチに座っていた。気温の高い日で、自動販売機で買った紙コップのアイスコーヒーは氷がすっかりとけて、紙コップに透明の層を生み出していた。

家から通える大学に入って、卒業したらとりあえず就職する、土日休めるところがいい、業種はなんでもいい、という由乃の話に、柳瀬くんはじつにつまらなそうに相槌を打っていた。目が半分閉じかかって、眠そうだった。

「柳瀬くんは、どうするの？」

紙コップに口をつけて、柳瀬くんはほんの一瞬、眉をひそめた。太陽が当たっているせいで、色素の薄い柳瀬くんの髪は黄金色（こがねいろ）のヴェールをかぶせたようになり、そのせいで異国の人のように見えた。

「僕は、遠くに行きたい」

そんな、ぼんやりした将来への展望を口にした。遠方に行きたい大学があるとか、海外に移住したいとか、そういう話ではなさそうだった。遠く、と復唱して、由乃は一瞬途方にくれた。

「山田さんは行ってみたい場所はある？」

「コニー・アイランド」

考える前に、そう口にしていた。そんなことはめったにないのに、その時だけ、なぜかするりと唇からこぼれ落ちた。

ふしぎそうな顔をした柳瀬くんに「コニー・アイランドの踊り子」の話をした。明確な理由のない、ぼんやりとした憧れ。架空の女の人。ばかみたいな夢。そんな話を、意外にも柳瀬くんはおもしろそうに頷いて聞いていた。瞳はしっかりと由乃をとらえており、もう眠そうではなかった。

「いいんじゃない」

「え」

「そういうのいいと思うよ、山田さん」

柳瀬くんのあんなに力強く、あたたかみのある声を聞いたのは、あとにもさきにもあれ一度きりだった。

女の人と消えたという柳瀬くん。今どこにいるんだろう。どんどん、早足になっていく。柳瀬くん。心の中で呼びかける。

柳瀬くん。あなたは、遠くに行けた？

柳瀬くん。私はちっとも、あの頃なりたかった自分にはなれていないよ。ただ生きているだけで、あの頃に憧れていたものから、どんどん遠ざかっていく。

柳瀬くん、私、いっぺん行ってみようかな、コニー・アイランド。もし想像してたとおりの素敵なところじゃなくて、かっこいい踊り子なんかいなくて、なんだこんなところかってがっかりしたとしてもそれはそれで、もういいような気がしてきた。

ねえ、柳瀬くん。

由乃の呼びかけは届かない。届かなかった声はそのまま、由乃にはねかえってくる。

ふたたび出現した水溜まりをとびこえ、着地して、その場でターンした。向こうから走ってきた自転車にまたがった男がぎょっとしたような顔で由乃を見る。かまうものかと、くるくるまわりつづける。足元がふらつく。昔はもっとしっかり旋回できていたのに。

「やまだサン」

数メートル先のコンビニの前で、ジャミルくんがびっくりしたような顔でこちらを見ていた。コンビニの制服を着たジャミルくんはゴミ袋を手に、外のゴミ箱に手をかけたところだった。

「ジャミルくん」

昼も夜もゴミを集めているのか。心のやわらかいところがぎゅっと痛んだ。留学生の苦しい生活に同情したわけでは、けっしてない。なにか尊く美しいものに触れた気がした。

「やまだサン、よっぱらってマスカ」

遠い国から日本に来て、昼も夜も働くジャミルくんの目に、自分はどう映っているのだろうと思ってから、そんなことは自分が推し量るべきことではないのだと思い直す。

他人の心は他人のもの。そう言ったのも、柳瀬くんだった。

「酔ってないの、ただ踊りたかっただけ」

ジャミルくんは一瞬きょとんとして、それから白い歯を見せた。楽しげな音楽のような笑い声が短く響く。

「やまだサン、オモシロイ」

もうすぐ勤務時間が終わるから待っていてくれないか、という意味のことをジャミルくんが言う。

「コーヒーでものんで、おはなしシマセンカ」

とんだりはねたりして、喉が渇いた。飲む飲む、と即答する。ジャミルくんが今まで行ったいろんな国の話を、聞いてみたかった。勢い余って挙手までしてしまって、大はしゃぎだな自分、と頭の片隅でやけに冷静に思ったけれども、いつものように恥ずかしい気持ちにはならなかった。

柳瀬誠実と弟の話　2

柳瀬くんは、とてもきれいな人でした。いつもやさしくて。

山田由乃という女が語った柳瀬希望という男の輪郭(りんかく)を何度も心の中でなぞりながら、誠実は目の前の男を見ている。壁もテーブルも隅に置かれた観葉植物も真新しくぴかぴかで、自分が興信所にいることを忘れそうになる。

「それで、失踪(しっそう)した弟さんを捜してほしいと」

特徴のない紺色のスーツにネクタイを身につけた男の口から出た「失踪」という言葉は、誠実の心を揺らす。自分の口から発するよりも他人から言われるほうがずっと不穏に響くのはなぜなのか。

弟が「失踪」した。あらためて、足元がぐらつくような心もとなさがある。

提示された見積もりは、思ったより高かった。誠実の表情で察したのか、どこもこんなもんだと思いますけどねえ、と肩をすくめる。

「柳瀬さん、警察に年間でどれだけ行方不明者の捜索願が出されているか、ご存じですか」

一般家出人。男の説明では、弟はそれに該当するらしかった。事件性が認められず、緊急性が低い。

「もう一度確認しますが、ほんとうにその女性が火をつけたわけではないのですよね」

「はい」

件(くだん)のマンション火災の事件はそもそも、父親が「娘が火をつけた」と通報したことからはじまった。現場に駆けつけた警察が父親に話を聞いたのだが、話の内容に不審な点が多く見られた。いくつか質問を重ねたところ、「実際に火をつけたのは娘ではない」ということが判明した。

つまりその女性は放火犯などではなく、希望は放火犯の逃亡を手助けしているわけではなかった。そのことについては心から安堵(あんど)しているけれども、被害届が出されていない以上、警察が彼らの失踪について介入する可能性はほぼないと言える。

「しかも弟さんからご連絡があったんですよね？　心配いらないから、と」

いる。
「捜すな、と言いたいんですか」
「いえいえ、そんな」
捜さなければならない理由があるんでしょうから、と男は言って、ひとりで頷いて
「弟のことがわからなくなって。急に」
仲の良い兄弟ではなかったが、人となりは知っているつもりだった。でも急にわか
らなくなった。あの写真を眺めているうちに。
弟と共通の知人などいない。思い出せたのは高校時代の彼女のみだ。だからとりあ
えず会いに行ってみたのだが。
「その山田さんの口から希望について聞かされているうちに、よけいにわからなくな
ったんです。なんというか自分が弟に対して持っていたイメージとずれがあったとい
うか」
「……なるほど」
顎の下で組み合わされた男の指がうねうねと動いた。なるほど、の続きはいくら待
っても聞けそうにない。
見積もりに記された金額をもう一度眺めて、ゆっくりと立ち上がる。

「でも、やっぱりやめておきます」

男がそうですか、と頷く。最初からわかっていたとでも言いたげな鷹揚さが鼻についた。

そもそも自分は、ほんとうに弟を見つけ出したいのだろうか。居所を知ってどうする、という思いもある。もういい年をした男が自分で考えて行動した結果だ。こちらが受けた被害といえば母が頻繁に電話をかけてくるようになったことぐらいだ。

心配いらないから。希望はそう言っていた。あれはたしかに希望だった。母ではなく自分に連絡してきた理由について、ずっと考えている。「捜さないでほしい、ほうっておいてほしい」という理由がもっとも有力だった。たいして仲良くもなかった兄、自分への関心が薄そうな兄ならばそうすると希望は思ったのではないか。

「すごいなあ、兄ちゃんは」

真珠養殖場で耳にした希望の、あの小馬鹿にしたような声を今もはっきりと覚えている。

「誠実くんと希望くんは、天然の真珠がどうやってできるか知ってるかい」

真珠養殖場を案内してくれた父の友人はふたりにそう訊ねて、返事を待たずにしゃべり出した。石ころやプラスチック片を飲みこんだ真珠貝は、それを核としてあの美しい玉を形成するんだ。じつはこれ人間も同じなんだよ。悲しみや苦しみを抱えて生きた者こそが、美しい真珠を生み出せる、そうじゃないかな云々(うんぬん)。不気味なほど淀(よど)みなくすらすらと喋(しゃべ)った。きっと誰かを案内するたび、その教訓めいた話を聞かせていたのだろう。ばかばかし過ぎて笑うこともできなかった。

苦しみを抱えたものがかならず美しい真珠を生むならば、世界はもっと素晴らしいものになるはずだ。「俺は若い頃さんざん苦労した」が口癖の父がどんな真珠を生んだというのか。それに石ころやプラスチック片だとか、核の部分がそんなものでできている真珠をきれいだ貴重だとありがたがるのも滑稽(こっけい)だ。

きれいだなと思っていた真珠が、とたんにつまらないものに感じられてきた。

石ころって。そんなもんが核なのか。そう吐き捨てた誠実の声はとても小さく、だからすぐ横にいた希望にしか聞こえていなかったはずだ。

「希望くんにはまだすこしむずかしかったかな？　誠実くんはどう思う？」

「知りませんでした。勉強になります」

にこにこと顔を覗(のぞ)きこんでくる父の友人にそう答える程度の分別は、十六歳にもなればついていた。満足そうにうなずく父の友人を見て、やはりこれが正解かと安堵した。

「すごいなあ、兄ちゃんは」

その時、希望が隣でそう呟いたのだ。直前に誠実がついた悪態を聞いていたくせに。いや、聞いていたからこそ、そんな嫌味を口にしたのだ。

すごいなあ、兄ちゃんは。僕にはそんな心にもないことを言える気がしないな、とでも言いたかったのだろう。

こいつは俺を馬鹿にしてるんだ。そう思ってにらみつけてやったはずなのに、なぜかその時希望がどんな表情をしていたのか思い出せない。記憶のところどころに霧がかかっていて、どうにも気持ちが悪い。

興信所を出たらアスファルトからたちのぼる熱気が全身に纏わりつく。十八時の街を足早に行き交う者たちは家路を急いでいるのか、それともこれから会社に戻ってもう一仕事するのか、誠実には判断がつきかねる。他人のことはわからない。同じ家で生まれ育ち、血を分けた弟の実像さえただしく摑めないでいるというのに。

スマートフォンがポケットの中で震えている。見覚えのない携帯電話の番号が表示されている。希望かもしれないと期待したが、かけてきたのはさきほどの興信所の男だった。

個人的な知り合いに、「探偵のまねごと」をしている者がいるという。あくまでまねごとだから実績は大手の興信所よりは劣るが、相場より安い値段で引き受けてくれるだろう、とのことだった。立場上紹介してやることはできないが、相手の連絡先だけなら教えることができるという。わざわざ会社の外からかけているのか、電話の向こうからも車の走行音が聞こえた。

「なんでそこまで」

あなたがしてくれるんですか、という問いをすべて聞かぬうちに、男がまた喋り出す。

「いなくなってはじめて相手のことをなにも知らなかったと気がつく。そういう経験が私にもあります」

私の場合は妻でしたが、と続けた。妻なら僕にとっても謎のかたまりですねと軽口を叩こうとしてやめた。そうさせない切実さのようなものが、電話の向こうから漂ってくる。そうですか、と神妙に答えて「探偵のまねごとをしている」という高遠なる男の電話番号をメモするにとどめた。

「そもそもあなた自身にとっては、弟さんはどんな人物だったんですか」

男のその質問には答えずに、電話を切った。

柳瀬くんは、とてもきれいな人でした。いつもやさしくて。

山田由乃は学生時代の希望のことがものすごく好きだったのだろう、と結論づけた。恋愛のフィルターをかぶせたらあらゆるものが実際よりも美しくなる。自分も妻と出会った時はそうだった。

足元からはいあがる熱気が勢いを増したようで、額の汗を拭（ぬぐ）いながら駅を目指して歩き続ける。

そもそもあなた自身にとっては、弟さんはどんな人物だったんですか。

自分にとっての希望。

希望。口の中で弟の名を飴（あめ）のように転がす。けっして甘くはないその飴を、吐き出すことも飲みこむこともできずにしばらく持てあました。

柳瀬誠実自身についての話

切り開いたところから、赤くてどろりとしたものが流れ出てきて、ナイフとフォークをあやつる手がとまった。血液まじりの体液を思わせるうす赤い汁が白い皿の上で卵の黄色と混じり合う。

「プチトマトよ」

誠実のけげんな表情を察したかのように、テーブルの向こう側から妻の和歌（わか）が言う。プチトマトよ、の後にちいさく笑ったような気がした。ただのプチトマトよ、馬鹿（ばか）ね、なにびびってんの、ほんとうに気が小さいんだから。実際にはそこまで言われていない。言われているように感じるだけだ。

結婚して五年、朝食のオムレツにプチトマトが入っていたことは一度もなかった。

「好きでしょ？　プチトマト」

フォークで掬って、口に運ぶ。酸っぱい、とだけ思った。火を通してやわらかくなったプチトマトが、舌の上でぐしゅっと潰れる。皮が喉の奥にへばりついて、飲みこむのに苦労した。

和歌は勘違いをしている。プチトマトが好きなのは、べつの男だ。おそらくはあの男。自分の出張の日を狙って、和歌がこの家に連れこんでいる男。

「うん、おいしいよ」

「でしょ」

誠実の知る限り、和歌は謙遜というものをしたことがない。その服、似合うね。きれいだね。頭がいいんだね。あらゆる賛辞を「当然」という顔で受け留める。知り合った頃は、それがたまらなく魅力的だった。自信に満ちあふれた和歌。美しくすこやかな和歌。けれども今はそのすべてが鼻につく。

「そういえば昨日、お義母さんから電話あったよ」

和歌はこちらに背を向けている。スポンジに洗剤を垂らして、フライパンを洗い始める。その隙に、オムレツから掻き出したプチトマトをティッシュにくるんで捨てた。トマトは食べられるが、プチトマトは皮が口の中に残りがちで、あまり好きではない。和歌に言えないことが、またひとつ増えた。

「そう。なんだって？」

「もうすぐお義父さんの七回忌なんでしょ？」

お義父さん、と呼ぶが、和歌は誠実の父に一度も会ったことがない。誠実の父が死んだ頃には、まだ誠実と知り合ってさえいなかった。誠実はかつて、和歌の父の部下だった。誠実の父とは正反対の、恰幅のいいほがらかな男。部下を自宅に呼んでホームパーティーを催すことを好む。誠実が和歌とはじめて会ったのもその席でのことだ。勤めていたのは、定価二十円程度のガムやキャンディを製造している、小規模な会社だった。和歌の父が専務をつとめていたのだが、二年前に倒産した。

現在誠実が勤めているスワロウ製菓は、和歌の父から紹介された。再就職がすんなり決まった礼を言うと、義父は「娘の旦那を無職のままにはしておけないからなあ」と言ってばしっと背中を叩いた。あの時の鈍い痛みがよみがえって、いよいよ食欲が失せる。

「七回忌、十月よね。悪いけど、私行けそうにない」

「仕事？」

「そう。忙しい時期だから。わかるよね、誠実くん」

広告の会社に勤めてます。誰かに質問された時、和歌は必ずそう答える。こころなしか、胸を張るようにして。おもに衣料量販店やスーパーマーケットのチラシをつくっていたが、二年前からフリーペーパーを発行しはじめた。日に数件、和歌は市内の飲食店等を取材するという。

　和歌はその仕事が、おもしろくてたまらないらしかった。ねえ、当分子どもはいらないよね。だって、子どもいたら無理だもんね、今みたいに仕事するのはさ、などとのたまう和歌は、自分の年齢をわかっているのだろうか。三十四歳の誠実よりふたつ年上の和歌が考えている「当分」とは、いったいどれぐらいの期間なのだろう。

「お義母さんから、和歌さんもきてくれるわよねって何度も念押しされたんだけど」

「え、そうなの？」

　母がそんなことを言うだろうか。だが、和歌がそんな嘘をつくとも思えない。

　和歌はたくさん嘘をつく。でも、自分にメリットのない嘘はつかない。

「私は行けないからさ、誠実くん言っといてくれない？　お義母さんに」

「電話で言わなかったの？」

　うす赤く染まったオムレツの最後のひとくちをなんとかコーヒーで飲み下し、口元を拭く。

「私から言うとカドが立つじゃない」

そんなこともわかんないの、馬鹿ねえ。和歌はもちろん、そんなことは言わない。言わないけれども心の中ではそう思っているに違いないという口調に、どうしても聞こえる。聞こえてしまう。誠実の耳には。

「わかった。言っとくよ」

もともと親戚づきあいの多い家ではない。一周忌も三回忌も、誠実と母と弟だけで静かに済ませた。和歌にしてみれば、なんで一回も会ったことのないおじいさんの法事に私が行かなきゃならないの、という気持ちなのだろう。

「うん。お願いね」

そこではじめて、和歌が振り返ってにっこり笑った。

華やかな感じの人ね。結婚前に実家に連れて行った時、母は和歌をそう評した。息子の婚約者に対して「華やか」。ほめているわけではないことぐらいは、さすがに誠実にもわかる。

今でも実家に呼ばれることはあるが、「和歌さんも一緒に」などとは、これまで一度も言われたことがなかった。

「姑に会うなんて気づまりなだけでしょうからね」

ものわかりの良さを装いつつ、ほんとうは自分が和歌に会いたくないのが見え見えだった。それが突然「七回忌に出席してほしい」とは。

たぶん母さんは心細いんだよ。希望のゆくえもわからないままだし、と言いかけてやめた。それを言ってどうなる。だったら行くわ、と和歌が答えるとは思えない。

父の七回忌は、自分と母の二人きりで済ませることになるだろう。弟の希望が失踪して、もう三か月以上経つ。連絡が一度あったきり、その後の消息はなにもわからない。希望の失踪のことはもちろん和歌にも話している。「そうなんだー」というきわめて軽い反応だった。和歌はなぜか以前から、希望に対する関心がきわめて薄い。

「誠実くん、出張の準備ばっちり？」

再就職先のスワロウ製菓では、月に一度以上の地方出張がある。「誠実くんがいないとさびしいなあ」とさほどでもなさそうに言う和歌に、誠実はそれでもかならず土産を買って帰る。有名な菓子、地ビール、地ワイン、めずらしい果物。それらはすべて和歌のSNSに投稿され、和歌の友人による「和歌ちゃんの旦那様優しい〜！」という、歯の浮くようなコメントに彩られるのが常だった。

お父さんのおかげよね、と和歌は時々口にする。釘を刺すかのごとく。お父さんのおかげで、スムーズに再就職できてよかったよね、誠実くん。

忘れるな、忘れるな。釘はそのたび、深く打ちこまれる。

出張の準備は、いつも自分でする。自分のことは自分でやる、そういう自立した夫婦になろうね、と結婚前にふたりで話し合った。

風呂上がりに下着とタオルとパジャマの用意がされていなかっただけで激怒するような、そんな父のような男になりたくはなかった。箸のありかもわからない、洗濯機の動かしかたも知らない。あまつさえ、それを男らしさの証明であるかのごとく、周囲の人間に声高に話して聞かせる父のような男には、死んでもなりたくない。

「昨日のうちに、準備したよ」

「このあいだみたいに『忘れものしちゃったー』なんて言って帰ってこないでよ」

ステンレスの桶の中で、食器同士がぶつかりあう音が聞こえる。どうしてそこまで、と思うほど、和歌は洗剤をじゃぶじゃぶとつかう。

俺が忘れものをして急に帰ってくるのが、そんなに困ることなのか？　と詰め寄ることができたら、どんなにいいだろう。ええ？　どうしてそんなに困るんだよ、言ってみろよ。

つややかな和歌の髪。ゆるくパーマがかかっている、その長い髪を摑んで、前後左右に揺さぶってやれたら。

おまえは俺を馬鹿にしてるんだ、そうだろう、ええ？　そこまで想像してからぞっとする。ぜんぶ父の癖だった。髪を掴むのも、ええ？　ええ？　と声を徐々に大きくする話しかたも。

「ごちそうさま。行ってきます」

プチトマトをつつんだティッシュは、ゴミ箱の奥底へと巧妙に隠した。ばれはしないと思うが、ばれたところでそれがどうしたという思いもまたある。和歌の隠しごとに比べたら、ささいなことではないのか。

「出張、気をつけてね」

皿を片手に近づいてきた誠実を、和歌はちらりと見る。正確には、誠実のスリッパを。

「うん。和歌もね」

顔を寄せたら、ふいとかわされた。

「口紅がついちゃうから」

ふふふ、と笑う唇は熟(う)れた果物の色をしている。身体(からだ)を動かした拍子に髪が揺れて、一瞬首筋があらわになった。オムレツの中のプチトマトや口紅よりは淡い、でも肌の色よりはくっきりと濃く赤い痕(あと)が点々とついている。

電車の中に「ちょっとあんた」という声が響きわたった。周囲の人間が声のするほうを見ようと、身をよじる。肩がぶつかる。ただでさえ薄い空気がさらに薄くなった気がした。

ふたりの男がどなりあっている。あんた。見たんですよ。ふざけんな。てめえ。そんな単語がきれぎれに届く。

「痴漢(ちかん)だって」

ふたりの男の付近の人々からそれらの情報が、伝言ゲームのように誠実のもとにも届く。身体を触られていた女がいて、その女がたまたま近くに立っていた男に助けを求めた。そうして、触ったの触ってないので男ふたりが言い争っているらしい。

首を伸ばして見ると、たしかに一方の男の後ろに隠れるようにして女がいる。若くはない。紺色のタイトスカートとベストに、灰色のカーディガンを羽織っている。家から制服を着て出勤するのだろうかと、どうでもいいことをちらりと考えた。

てめえ恥ずかしくねえのかよと大声で言う男は長袖(ながそで)のTシャツにデニムという、大学生ふうの出(い)で立ちで、かたや痴漢と見なされている男は特徴のないスーツを着ている。年齢はだいたい四十代なかばといったところだろうか。

停車駅の名を告げるアナウンスが聞こえた。誠実の降りる駅でもあった。

「いくらなんでもこんなババア、触るかよ」

スーツの男が怒鳴った。女が一瞬身体を竦ませたように見えた。電車のドアが開くと同時に誠実の身体はぬるりと押し出される。肩に衝撃を受けて、足下がふらつく。さっきのスーツの男が周囲の人間を突き飛ばしながら走っていくのが見えた。

「つかまえて！」

Tシャツの男が叫んだが、皆なにごとかと見るだけで、スーツの男はどんどん遠ざかっていく。男の背後では、女が両手で顔を覆っていた。

じゃあ、そいつ逃げちゃったんですか。会社についてその話をした時、水木は眉根をぎゅっと寄せた。

　水木の髪は耳が露出するほど短い。頭のかたちが良いので、その髪型はとてもよく似合っている。すらりと長い手足を持っていて、顔立ちもかなり美人の部類に入ると思うのだが、会社の男性社員のあいだではまったく人気がない。

　気が強すぎる、と若い社員は顔をしかめる。年配の社員はもっと直截な言葉をつかう。かわいくない、と。

「なんでホームのみんなで協力して取り押さえないんですか。痴漢逃がすなんて、最悪ですよ」

まるで誠実がとりかえしのつかない失敗をしたかのように、つめたい視線を投げてくる。こんな話をしてしまったことを、誠実ははやくも後悔しはじめていた。

営業部の他の社員はいったん出勤して書類の準備を終えるとすぐに外に出る。足で稼ぐ仕事だ、いつまでも社内にいると油を売っていると思われる。

「だって、もしかしたら言いがかりかもしれないし。あの大学生っぽい男と女がグルでさ、ハメようとした可能性だってあるんだよ」

和歌相手には重くなる口が、水木を相手にするとなめらかに動く。水木はきつい物言いはするが、含みのある言葉はつかわない。思ったことを思ったまま言っているのだろうな、と感じさせる清潔さがある。

「逃げたってことは、やましいことがあるからですよ」

「そうかな。痴漢って冤罪もけっこう多いのに、ほぼ反証は不可能だって言うし、逃げたからクロってわけじゃないと思うな」

「うわー、柳瀬さん。それは男の理屈ですよ」

「いやだって、男だから」

うわー。再度眉根を寄せて、水木は出勤前に買ってきたらしいコーヒーに口をつける。

水木は営業部では二番目か三番目に成績が良い。日頃水木を「かわいくない」と評する男たちは、売上報告の時だけ「女はいいよな」と醜く口元を歪めて笑う。「スカートはいてニコニコしてたら契約取れんだもん、女はいいよな」どうせきりがないのだから聞き流せばいいものを、水木はいちいち、やつらに噛みつく。言いたいやつらには言わせておけばいいんじゃないのか、と思っていた。誰がなんと言おうと、水木が優秀であることは紛れもない事実なのだ。淡々と粛々と、自分の仕事をしていたらいい。

怒るという行為はエネルギーを要する。くだらないことで水木が消耗していくのを見るのは嫌だった。

「それは違いますね、柳瀬さん」

ある日ついに「ほっとけば?」とアドバイスした誠実に、水木はきっぱりと言ってのけた。

「柳瀬さん、それ親切のつもりで言ってるでしょう。違うんだよな。それは抑圧と一緒です。言わせておけばいい、だなんて。言わせておけば、言われ続けるだけですよ。私ががまんすればすべて丸くおさまるんだから、なんて私は思わない。ぜったいにね。怒るって疲れます。そうです、疲れるんですよ。だけど私が黙っていれば、次にこの会社に入ってきた女の子が同じ目に遭う。これは私だけの問題じゃない。私は、怒らなきゃいけないんです」

電車の中で女に助けを求められたのが自分だったら、どうしただろう。気づかないふりをしたかもしれない。さっき水木に言ったように、冤罪だったら困るし、逆恨みされて殴られたりする可能性だってある。関わりたくない、というのが本音だ。さすがにそれは、水木には言えない。

「なんか柳瀬さんって」

クリアファイルをかばんにしまいながら、水木がため息をつく。

「事なかれ主義、って感じですよねえ」

事なかれ主義。その言葉にぎくりとして、首をすくめた。

どれほど隠そうとしても、いつのまにか漏れ出てしまう。自分の本性は。

都合よく電話が鳴り出した。会話を打ち切るきっかけができたと、急いで受話器をひっ摑む。

電話はちょうど今日訪問することになっていた九州の会社の社長からで、身内に不幸があったので延期してほしい、という内容だった。

誠実と希望。よくもまあ、そんな名前をつけたものだ。

希望。明るい言葉のようでいて、じつはなにもたしかなことはない。先のことはいつだってあやふやだ。すでに何百回と思ったことを、線香をあげながら思う。

位牌(いはい)の横の写真の父はにこりともせず、真正面を睨(にら)みつけている。実家に来た時まず仏壇に手を合わせるのは「そうしなさい」と子どもの頃に躾(しつ)けられたからで、そこに意味はない。故人を敬(うやま)う気持ちなど微塵(みじん)もなく、ただ機械的にロウソクに線香をかざし、両手を合わせる。

「みっともない」という言葉を、父はよくつかった。世間様に対して、みっともない。子どもを見ればどんな親かよくわかる、とも言い、だから躾はきびしくしろと、妻に命じるような男だった。みずから躾をするのではなく。

お前らがみっともない真似(まね)をすれば俺が恥をかく。父の言う「お前ら」には、母も含まれていた。父の意識は常に家の中でなく、外に向く。「世間様」がせいぜい会社の同僚や近所の数世帯のことだと知ったのはいくつの頃だろう。でもその頃にはもう「みっともなくないこと」が自分の行動規範として染(し)みついてしまっていた。

「荷物が多いのね」

気がつくと、母が背後に来ていた。足音をほとんど立てない。父がそう「躾けた」

からだ。

大きな音を立てて襖(ふすま)を閉めたり、スリッパをばたばたうるさく言わせて歩くのはがさつな者のすることであると怒鳴る父の声のほうがよほどうるさかった。

父が死んでもなお、母は足音を忍ばせて歩く。誠実と同様に染みついてしまっているらしい。

「出張の予定だったのに、中止になったんだ」

「革のかばんっていうのは、見た目はいいけど、重いわね。この年になると、持ち歩くのに困るの。映画館なんかでも、膝(ひざ)にのせておくのに……」

「そうなんだ。お母さん、映画なんか観(み)に行ってるの？」

「そうだ、誠実さんは大葉は嫌いだったのよね、たしか。天ぷらにでもしようかと思って、ねえ。いきなり来るんだもの。海老(えび)はないけど、白身の魚があるし……でも冷凍よ」

噛みあわない会話に神経が磨り減っていく。ため息をつきたいのを堪(こら)えて、なんでもいいよ、と頷(うなず)いた。

母は「誠実さん」「希望さん」とふたりの息子を呼ぶ。これまで一度も、呼び捨てにしたことはない。

父は、妻がそのような言葉づかいをすることに満足していたようだった。柳瀬さんとこの奥さんは良いところのお嬢さんなんでしょ、と周囲の人に言われることが、うれしくてたまらないようだった。

「いや、世間知らずで困りますよ」

鼻の穴をふくらませるようにして客の前で語っていた父。そんなことで充たされる自尊心。吐き気がするほどくだらない。

出張が中止になった。和歌にそう連絡することが、どうしてもできなかった。もし今帰ったら、きっと和歌は落胆した様子を隠しもせず、「え、そうなの?」と答えるだろう。「今日はひとりでささっと済ませる予定だったからたいした夕飯を用意できないよ」とかなんとか言って、誠実はきっと「いいよ、いいよ」と鷹揚なふりで答えて、冷凍のパスタかなにかをもそもそ食べるのだろう。そこまで想像したところでうんざりしてしまった。

それから和歌は洗面所に行くふりをして、男に連絡するだろう。ごめん、夫の出張が中止になっちゃったの、今日はむり、とかなんとか。また今度埋め合わせするから、などとも書き送るのかもしれない。

和歌のスマートフォンを盗み見たことはない。夫としてみっともない行為だからだ。だから誠実は、妻の相手がどんな男なのか知らない。首筋に赤い痕を残そうとするのだから、独占欲や支配欲が強いのだろうと思う。自分の出張のたびに和歌に呼ばれてほいほい家に行くのだから、暇な男なのだろうとも。出張の翌朝にゴミ箱を開けて見るワインの瓶や、浴室の排水口に絡(から)みついた茶色い髪から想像するしかない。

台所に立った母のあとを追って、七回忌の話をした。和歌は来られないと言うと、母はただ黙って頷いた。

「お寺に行って、お経をあげてもらうんだよね。そのあと、食事でもしよう」

「道代(みちよ)が来るって」

「そう、よかった」

よかった、と心から思う。道代おばさんは母の妹だ。母とふたりきりにならずに済む。三回忌の時には、弟がいた。弟が一緒の時には母は「希望さん、希望さん」と弟にばかり話しかけるので、誠実は母の相手をする必要がない。

「希望さんから連絡あった？」

ピーマン、玉ねぎ、さつまいも。調理台に並べて、母が野菜を洗いはじめる。

「ないよ、お母さん」

「あの子は……やさしいから……」

消える直前に女と一緒だったという話は、やはり母の心を直撃したらしい。声の調子が不安定に上下して、ひどく聞き取りづらい。

「人の頼みをね、断れないようなところがあるでしょう……きっといろんなことを……抱えこみすぎちゃったのね……」

消え入るような語尾とは裏腹に、母は迷いのない手つきで野菜を切っていく。へたを切り落としたピーマンに指をつっこんで種を掻き出す仕草を見ていると、なぜか吐き気がこみあげた。

「ちょっと二階に行ってくる。残していったCDとか、今日持っていくよ」

二階のつきあたりが、誠実の部屋だった。その手前に希望の部屋。どちらも、出て行った時のままだ。あえてそのまま残している、というよりは放置されている。とくに母は数年前から膝が痛いと言い出して、めったに階段をのぼろうとしない。二階の廊下は埃で白く汚れていた。

窓を開けて、ベッドに腰をおろした。ほんとうは昔買ったCDなど、どうでもいい。とりわけ好きで買ったものではなかった。その頃流行っていた曲。「どんな音楽聴くの?」と他人に聞かれた時に答えてもみっともなくないジャンルの、人気のあるアーティスト。ただ母と話すことを避けるために、二階に逃げてきた。

ふと思いついて、希望の部屋に入ってみる。なんの変哲もない部屋だ。参考書と漫画といくつかの小説が並んだ本棚、ゲームセンターでたわむれに手に入れたような、なにかのキャラクターの安っぽいフィギュア。ひとり暮らしのマンションに「持っていく必要なし」と判断されたものたち。弟の現在について、ここから読み取れるものなどなにもない。

かけおち。口の中で、その言葉を転がしてみる。女と一緒に消えた希望。どんな女だったのだろう。既婚者だったのだろうか。分譲マンションだから、夫や子どもと住んでいたとしてもおかしくはない。既婚女性の浮気などめずらしくもない話だが、かけおちとは。

兄ちゃんは見て見ぬふりが得意だよね。いつだったか、希望がそう言ったことがある。

希望は、母が言うような「やさしい子」ではない。いろんなことを抱えこみすぎて逃げる、などという行為は、まったくもって希望にはふさわしくない。

「じゃあ殺せば？」

うさぎを抱えてまっすぐに誠実を見た、あの日の希望。

昔、この家でうさぎを飼っていた。時雨という名前は希望がつけた。どうしてそんな名前をつけたのか知らない。訊きそびれた。近所のひとり暮らしの婆さんの家で飼われていたのだが、その婆さんが死んだのでうちで引き取った。身寄りのない婆さんだった。玄関で倒れているのを、回覧板を持っていった希望が発見した。

うさぎを引き取ることで、近所にいい人と思われると父は考えたようだった。もちろん、自分では一切世話をしなかった。

希望は、時雨をとてもかわいがっていた。今日はキャベツの葉をどれだけ食べたか、ノートに記録までしていた。

誠実ももちろん、それなりにかわいがっていた。ちいさい生きものはかわいらしい。時雨はいつも鼻をひくひくさせて、部屋の隅でひっそりしている。鳴き声をほとんどたてないことは、柳瀬家にとっては都合のいいことだった。もし引き取ったのが吠える犬や壁をぼろぼろにする猫だったら父はすぐに保健所に連れて行ったに違いない。

引き取って三年ほど経った頃から、時雨の動きが鈍くなった。動物病院に診せたら「年だから」とのことだった。婆さんの家で過ごした年月を考えれば、当然のことではあった。

立ち上がっても首が傾いている。動き出そうとして倒れてしまう、という姿もよく見受けられた。食欲もないようで、昔は好きだったペットフードも食べなくなった。その姿を見るのが辛く、ある時期から誠実は時雨のケージのほうを見なくなった。

希望はじつにこまめに、時雨の世話をしていた。スポイトで水を与え、目から出た脂をこまめに拭きとってやっていると、母がわざわざ誠実に話して聞かせた。希望さんはやさしい子よね、と、何度も何度も言った。あてつけみたいに。

弱っていく時雨を見たくなかった。

「いっそ安楽死させてやったほうがよくないか」

苦しませ続けないこと。それがやさしさだ、と誠実は思っていた。

「時雨だって辛そうだ」

「じゃあ殺せば？」

死んだほうが楽なんだろ？　じゃあ殺してやれば、自分の手で。そう言って、希望はぐったりしている時雨を誠実の膝にのせた。弱々しく震えるやわらかい身体の重みが誠実をたじろがせた。

「できないんなら、僕が殺してやろうか？」

時雨の首に、ほっそりと長い希望の指がかけられた。

「やってあげてもいいけど、ちゃんと見たほうがいいよ。いつもみたいに見て見ぬふりしないでさ」

弟は本気だ。声色と表情でちゃんとわかった。

「やめろ」

焦(あせ)って、その手を払いのけた。

誠実が弟を好きではない理由に「こいつは俺をバカにしている」ともうひとつ「冷酷で不気味」が加わった。いったいなにを考えているのかわからない。弟がこわい。

時雨はいよいよ最期(さいご)の頃には、水も飲めなくなって、目を閉じてじっとしている姿が痛ましかった。

やがて、勉強もせずに時雨にばかりかまう希望の姿は父の逆鱗(げきりん)に触れた。

夕飯の時間に突然「どういうつもりだ」と怒り出したのだ。なぜ勉強もせずにうさぎと遊んでばかりいる、高校に落ちたらどうするつもりか、と母につめよった。

希望本人には言わなかった。本人に言うよりも、母を怒鳴りつけるほうが効果的だと思っていたのだろうか。自分よりも背が伸びた息子たちに怯(ひる)んでいたのだろうか。

怒号を聞きながら、誠実は急いでごはんを口に押しこんだ。食事の途中で席を立つことを父は嫌がる。平静を装って食事を続けるしかない。

「あいつに勉強をさせろ」

　じっとうつむいて父の話を聞く母の様子は、物言わぬうさぎに似ていた。

　当の希望は涼しい顔をして箸を置き、時雨のケージに向かった。それを見た父がいよいよ激昂して、母の髪を摑んだ。

「誠実さん」

　階下から母に呼ばれて、はっと我にかえる。

　油の匂いが二階まで漂ってくる。降りていきたくない。とっさにそう思った。自分でもたじろいでしまうほど、強烈で切実な感情だった。母とふたりで天ぷらなんか食べたくない。誠実の心はまた過去に舞い戻る。

　あの時、父は母の髪を摑んで前後左右に揺さぶった。そこでようやく「やめなよお父さん」と希望が割って入ろうとしたが、突き飛ばされた。壁に掛かっていた絵の額が落ちて、ガラスの割れる音がした。手の甲を切った希望が顔をしかめ、血をぽたぽた床にたらしながら部屋を出ていった。

「勉強ならちゃんとしてるから、もうやめて」

　揺さぶられても、母は泣きも喚きもしなかった。何度目かに父が母の髪を摑んで顔を上げさせた時、母と誠実の目が合った。目が合った、と意識するよりはやく、目をそらしてしまった。

時雨はその翌日、死んだ。

「誠実さん」

誠実さあん、誠実さああん。階下の母の声が次第に大きくなる。ため息をついて、階下に「今行くよ」と怒鳴った。


大皿に、野菜の天ぷらが山盛りになっていた。その隣には刻みのりをのせたざる蕎麦が並んでいる。

「こんなに……」

椅子を引きながら、天ぷらから目をそらす。どう見ても、ふたり分の量ではない。食べて食べて、と促されて、山のてっぺんから玉ねぎの天ぷらをひとつ取る。

「おいしい?」

まずい。揚げたてなのに衣がべちゃっとしていて、嚙むと玉ねぎはじゃくっと嫌な音がする。じゅうぶんに火が通っていないのだ。さつまいもは中心がかたいし、ピーマンはへんなえぐみがある。

「おいしいよ」

肘をついた母は手の甲に顎をのせてにこにこしている。ゆですぎたのか、蕎麦は箸で持ち上げるとぶちぶちと切れた。つゆに浸して、なんとかひとくちすする。

「食べないの？　お母さんは」

「お父さんはほら、買ってきたお惣菜を出すと怒ったでしょう」

市販の惣菜の味が嫌いだったのではない、専業主婦が惣菜を買うという行為を怠慢とし、それをはげしく嫌っていたのだ。

「めんつゆ、めんつゆってあるでしょう。それを買うのは手抜きだって。お蕎麦のつゆは自分でだしをとるところからはじめなきゃいけないんですって、おかあさんはそうしていたんですって」

「どんどん食べなさいよ、誠実さん」

おかあさん、と母が呼ぶのは父の母のことだ。

母が天ぷらの皿をずい、と押してくる。蕎麦猪口に口をつけて、つゆをなめてみた。昔この家で食べていたのと同じ味がする。

「あいかわらず、おいしいよ」

「買ってきたんだもの」

「えっ」

市販のつゆを買って、それをガラスの容器に移し替えていたらしい。結婚してからずっと。

「お父さんったら」

母の肩が小刻みに揺れる。笑っているのだ。

「やっぱり手づくりに限るな、だって。家でお蕎麦食べるたびに言うのよ」

ばかみたい。そう呟(つぶや)いた母は、もう笑っていなかった。ぽっかりあいた穴のような目が黒々としたつゆに向けられる。

「味の違いなんかわかりもしないくせに」

でもなんだかんだいって、うまくいってらしたんでしょう。周囲の人に父と母の話をすると、そういう反応がかえってくることが多い。口うるさい父と、それを支える母。ある種の美談のように受け止められてしまうのは、誠実がそういう部分だけ選んで喋(しゃべ)っているからだ。

きっと良いご夫婦だったのですよというフォローを聞いているうちに、ほんとうにそうだったような気がしてくる。自分の両親はなんだかんだ言ってうまくいっていたのだと。

べちゃべちゃした天ぷらは、ふたつも食べれば腹が膨れてくる。母が立ち上がって、冷蔵庫を開けた。

「誠実さん、飲めるんでしょう」

母が瓶ビールの栓を抜く。乱暴に注いだから泡ばかりになったが、よく冷えていておいしかった。口の中がべたべたしていたせいかもしれない。たて続けに二杯呷(あお)った。酒に強いとは言いがたい。すぐに頭がぼうっとしてくる。

もうすこししたら、母に「酔ったから今日はここに泊まっていく」と言おう。俺はマンションに帰れないのではない。ビールを飲んだから、和歌に連絡するのも帰るのもめんどうになったのだ。酔った頭で繰り返しそう考えたら、ほんとうのことになる。

帰れないわけじゃない。帰らないんだ。

「よくビールなんかあったね」

「お蕎麦、おかわりできるのよ」

「このビール、お客さん用？」

母は口もとを曖昧(あいまい)にゆるませたまま、答えない。

ひとりで暮らす母のもとに訪ねて来る者など、そう多くもないだろう。現れるともしれない客人のために冷蔵庫に瓶ビールを常備しているのだと考えると、たまらない気持ちになる。

瓶ビールのラベルがうっすら歪んで見える。誠実は、家ではほとんど酒を飲まない。外で飲む際にも、瓶ビールの類を注文することがない。ちまちまコップに注ぐのが億劫だからだ。この茶色い瓶に触れるのは、だから、ものすごくひさしぶりのことだった。

父の通夜ぶるまいの時が、最後かもしれない。

父の最期はじつにあっけなかった。ある朝突然「胸が痛い」と苦しみ出して病院に運ばれ、三日後に容態が急変して死んだ。

けっして好きではない父だった。けれども亡骸と対面した時にはさすがにこみあげるものがあった。既に定年退職していたが、多くの弔問客がおとずれた。家庭内でのふるまいはともかく、周囲の評判は悪くない父だった。

「立派なかたでした」

通夜ぶるまいの席で、父の部下であったという男が言ったことを思い出す。あの時、希望は笑ったのだ。ははは、と歯を見せて、ほがらかに。

「ほんとうに？」

ほんとうに？　首を傾げて、部下だった男の顔をのぞきこんだ。そのあとどうしたか誠実は覚えていない。気まずさに耐えきれず席を立ってしまったのかもしれない。

弟に関しては、あやふやなことばかりだ。

火葬場で、職員から「点火ボタンを押してくれ」と頼まれたのは誠実だった。職員が押してくれる施設もあるらしいが、そこは遺族が押すことになっていた。

そういうものなのだと思っても身体が震えて、なかなか手を持ち上げることができずにいた。

懸命に呼吸を整えていると、肩越しにすっと手が伸びた。

「僕が押すよ」

言い終わるか終わらないかのタイミングで、赤いボタンは押された。驚いて振り返ると、希望は平然としていた。笑っているようにすら見えた。

「希望さんは帰ってこない」

目の前の母が唐突に断言したので、思わず箸を置いた。

「もう帰ってこないのよ」

「お母さん、わからないよそれは」

「誠実さん天ぷら、もっと食べて」

「もうお腹が」

食べなさいよ。母がさつまいもの天ぷらをわし掴みにして、立ち上がる。存外強い力で、後頭部を押さえられた。

「食べなさいよ、誠実さん」

天ぷらを口もとに押しつけられた。かたく閉じた唇の上で油じみた衣がずるりと滑る。床に落ちて、一度だけちいさくはねた。母が怯んだ一瞬の隙をついて、その手をふりはらう。自分で考えていたより、乱暴な動作になった。

「希望さんなら、もっと食べてくれる。もっともっともっとたくさん」

床に落ちたさつまいもの天ぷらを、スリッパをはいていない母の踵が踏む。

「誠実さんは、いつも目をそらすのね」

いつもそう、いつもあなたはそうなの、見えなくなったらそれでいいと思ってる、見なかったことはなかったことにできると思ってる、そうでしょう。そんなふうに言う母の声に、耳をふさぎたくなる。

「お、お母さんだってそうじゃないか」

父に対して、無抵抗だった母。髪を摑んで揺さぶられてもなお。あんな縋るような目で見られたってどうしていいかわからない。

「離婚でもなんでもすればよかったんだ、そうだろ」

やっぱり母はおかしくなっているのだ。嚙みあわない会話に、どこか焦点の合わない目。だが昔からこんなふうだった。「おかしくなって」いるとしたら、もうずっと以前からそうだ。

頭がぎゅんと痛む。すこし飲み過ぎたかもしれない。

「誠実さんは、お父さんにそっくりね」

母の顔が二重写しになり、左右に揺れる。胃がむかむかしてきた。

周囲の人から父に似ていると言われたことなんて一度もない。頬がかっと熱くなった。

「似てないよ」

だって、似ないように気をつけてきたのに。あんな男にだけはなるまいと。妻に対してあんな横暴なふるまいをするような、あんな。

「そっくりよ。そうやって出された料理を、いただきますも言わずに、まずそうに食べるところ、嫌になるぐらいそっくりね。誰かが自分のために料理をつくるのが、目の前に運んでくるのが当然って顔で座ってる」

「それは……」

声を出すたび痛みが強くなる。毒でも盛られたのか、と思うほど気分が悪かった。

母の顔が近づいてくる。家に帰ってきたらまずお仏壇で、なむなむするのよ、と教えてくれた顔。泣きも叫びもせず、父の横暴に耐えていた、おとなしいうさぎに似た母の顔。何度も、何度も目をそらしてきた母の顔。その顔がとつぜん、明るく輝いた。

「そういえばお父さんが最初に『胸が痛い』って言い出した時ねえ、お母さんわかったのよ、ああこれは死ぬなって」

苦しむ父の真似なのか、胸に手を当てて見せる。

「なのに倒れてから三日も粘るんだもの。奇跡的に回復でもされたらどうしようって気が気じゃなかった」

父が息絶えた瞬間、誠実は病院にいなかった。母と希望が傍についていた。じゃあ殺せば？　希望の声が聞こえる。あのほっそりと長い指が父の人工呼吸器を外す映像が頭に浮かぶ。まるでこの目で見たように、鮮明に。ばかばかしい、ただの妄想だと振り払うことができない。

「しらなかった」

信じられないほど幼稚な声が出た。

「知らなかったよ。お母さんが、そんな、そんなふうに思って」

「希望さんは知ってたわよ。ちゃんと」

知ってくれていた、という言いかたを、母はした。

ほんとうはずっと前から知っていた。母が父をどれほど憎んでいたかも。自分が父に似ていることも。希望と自分がまったく違う人間だということも。

母が椅子に腰をおろす。なにやらひどくつかれる作業を終えた後のように、身体がふらついていた。

「もう帰って」

「え」

「帰って、誠実さん」

足もとで、何度も踏みつけられた天ぷらがつぶれて、油の膜を光らせている。

一歩家の外に出るなり、嘔吐した。横隔膜と腹筋が絶えまなく攣縮し、痛みに顔が歪む。鼻の奥がつんとする。

すっかり吐いてしまっても、楽にはならなかった。口の中が気持ち悪くて、自動販売機を見つけた時にはすがりつかんばかりだった。水が欲しかったが、売り切れだった。買った緑茶で何度も口をゆすぐ。吐いた後はいつだって最悪の気分になる。

徐々に酔いが醒めてきたような気がするが、頭は痛いままだ。

兄ちゃんは見て見ぬふりが得意だよね。

いつもそう、いつもあなたはそうなの、見えなくなったらそれでいいと思ってる、見なかったことはなかったことにできると思ってる、そうでしょう。

頭の中で希望と母が、かわるがわる、同じ言葉を繰り返す。うるさい。同じく頭の中で、どなりつけた。すこし黙っていてくれ。

どれぐらい歩いたか覚えていない。気づけば、ずいぶん離れているはずの自分が住んでいるマンションの手前まで来ていた。見上げると、カーテンの隙間から明かりが漏れている。和歌が選んでオーダーしたカーテン。かすかに揺れたような気がしたが、きっと気のせいだ。

鍵穴(かぎあな)に鍵を差しいれ、ゆっくりとまわす。音を出さないようにしている自分の動作が、泣きたくなるほど滑稽(こっけい)だと思った。

段差のない玄関。マンションの内見に来た時、「これなら年を取っても問題ないね」と和歌と笑い合った。

あの頃の自分には見えていた。おたがいに年を取ったねと、和歌と笑い合うことのできる未来が。

両親とは違う夫婦になりたかった。自分が育った家庭とはまったく違う居場所を、いつか生まれてくるかもしれない子どもに用意してやりたかった。

和歌に対するちいさな不満は、すべて飲みこんできた。言わないことで円満に暮らせるならそのほうがいいと思った。飲みこみ続けるうちに、言うべきことを言う術(すべ)を失った。

薄汚れた男物のスニーカーが投げ出すようにして脱いである。誠実は「自分の家でも、よそのお家(うち)でも、靴はきちんとそろえるように」とそれは厳しく躾けられたが、この男は違う。和歌にとっては自分の男が靴をそろえるかどうかなど、どうでもいいことなのだろう。

大きく息を吸って、吐く。

「ただいま」

自分の家なのだ。帰って来るのに理由などいらない。

言うべきことを言う術。今からそれを、取り戻す。

居間に続くガラス張りのドアのむこうに、ダイニングテーブルの椅子にかけられた赤い上着が見えた。浮かれたような赤さを目にしても、ふしぎと冷静なままでいられる。

「誠実くん？　帰ってきたの？」

うろたえたような、和歌の声が聞こえる。

見て見ぬふりは、もうやめたんだ。

今はどこにいるのかわからない希望に、心の中で話しかける。弟はなんと答えるのだろう。笑うのかもしれない。あの日のように。

ほんとうに？

「ほんとうだよ、希望」

はっきりと声に出してから、ドアノブに手をかける。

柳瀬誠実と弟の話　3

煉瓦を模した外壁に蔦の絡まる店だった。古めかしい書体の「喫茶くろねこ」という看板が掲げられていたが、ドアを開けるとカレーの匂いがした。約束をしている相手とは会ったことがなかったが、誠実は入ってすぐに窓際の席の男だとわかった。電話の声はかなり若かったし、店内に若い男はひとりしかいない。どのテーブルにもカレーの皿が置かれているが、男はここに来たばかりのようで、まだ水もない。

暖房の風が外を歩いて冷え切った耳や鼻先をかすめる。末端は冷えていたが、長く歩いていたせいで暑かった。いそいでコートのボタンをはずす。窓際の男が誠実に気づいたようだった。

「どうも」

仕事でいつもそうするように、名刺を交換し合う。有沢慧。希望の会社の社員だ。

何度めかに電話をかけた時、この有沢慧が電話に出た。希望の二年後輩で、件のマンションの理事会の場にもいたという。

話を聞かせてほしいと頼んだら「会社の近くまで来てくれるなら」とこの店を指定された。

黒いエプロンをつけた店員がふたりの前に水を置く。

「なんか食べます？　って言ってもカレーしかないんですけど、この店」

「いえ……あの、コーヒーを」

じゃあカレーひとつとコーヒー、と有沢慧は店員の顔を見もせずに言う。有沢慧の母親と言ってもおかしくないような年齢の店員は丁寧に注文を繰り返し、歩き去っていく。

「すみませんね、こんな店で」

大声で言うからひやひやする。常連なのかもしれないが、あまりに無礼ではないだろうか。

「でも、会社の人間はまずここ使わないんで、穴場なんです」

希望のことはこれ以上口外するなと、上から言い含められているという。

「管理会社の人間が、自分とこのマンションの住人とどうこうって、まあ聞こえの良い話じゃないですからね」

「その住人の女性とは、以前から親しくしてたんでしょうか」

「さあ、聞いたことないです。俺、柳瀬さんと個人的な話をしたことはほとんどなかったんですよね。女関係の話は特に」

「……じゃあ、普段はどんな話を？」

「仕事」

仕事のことばっかりでした。有沢慧がすっと無表情になった。口調もやけに平べったくなる。

「冴(さ)えないおばさんですよ」

「え？」

「いま柳瀬さんと一緒にいるかもしれない、その重田(しげた)くみ子って女です」

「……はあ」

有沢慧の髪や眉(まゆ)のかたちを眺めながら頷(うなず)く。「いまどきの若い男」を全身で体現しているような有沢慧からすれば、年上の女はみんな「冴えないおばさん」になるのかもしれない。とはいえ、先日会った山田由乃も、とりたてて容姿が優れているとか魅力があるというタイプではなかった。

有沢慧が「ブスだしデブだし、なんか暗い」と評する重田くみ子なる女の名と、マンション名を手帳にメモする。想像とは違い独身で、父親とふたり暮らしだったという。

放火したのが娘ではない、ということは聞いたが、ではどのようにして火事がおこったかの詳細は不明だ。有沢慧も知らないという。「あの爺さんが火つけたんじゃないですかね」と首をすくめている。

「どうしてそう思うんですか」

「いや、無理心中でもしようとしたのかなって。なんかキモい感じの親子だったから」

なんかキモい感じの親子。ガムを吐き出すように放たれたその言葉を口の中で復唱していると、有沢慧が「あと、今日はこれを言うために来たんですけど」と身を乗り出した。無意識に誠実も同じ動作をする。

「このあいだ退職願が送られてきたらしいです、総務あてに」

いなくなってからもう半年近く経ってるんですけど、今さらなんなのって感じですよね。楽しそうに笑っている有沢慧を真似ようとするが、うまくいかない。頬がひきつる。

「住所は書いてなかったけど、消印は大阪だったそうです」

大阪、と手帳に書く。丸で囲ってみる。大阪のどこなのか、ちょっとそこまでは有沢慧にはわからないらしい。

「なんで大阪なんですかね？　ちなみに重田くみ子の家は関西方面には縁もゆかりもないって話ですけど」

一家で大阪に住んでいたことがあるが、もう何十年も昔の話だ。希望はまだ幼児で、記憶が残っているかどうかもあやしい。

高遠という探偵もどきにはまだ連絡をとっていない。相場より安い、と言われてもまだ決心がつかないのだ。

「似てますね、柳瀬さんと」

驚いて顔を上げると、有沢慧と目が合った。

「そんなこと、はじめて言われました」

中学に入ってから誠実はめがねをかけるようになり、ますます「似ていない」と言われる回数が増えた。

「雰囲気はぜんぜん違うけど、パーツはよく似てますよ。目とか鼻とか」

同じような素材でこしらえた、魅力のあるほうとないほう、と言ったところか。

かつて「似ていない」と言ってきた女たちも、きっとそう思っていたのだろう。つきあうなら希望くんで結婚するなら誠実くんかな、などと平気な顔で口にする。そんな値踏みするような振る舞いを、もし自分がされたら激怒するだろう。そのくせ男に対してはやってもいいと無邪気に信じている。

でも誠実くんのほうがちょっとだけ背が高いのね。慌てたようにそう付け足されたこともあった。ほんの数センチの身長差。そんなものに縋って生きていくのは屈辱的だ。

「で、お兄さんのほうは結婚してるんですね」

有沢慧の視線が誠実の左手に落ちる。

「ええ、まあ」

はずし忘れていた、とはさすがに言えなかった。幸せっすか、と有沢慧が白い歯をのぞかせる。軽薄な質問だ、と母なら断じるだろう。希望はどうかわからない。

和歌が家に連れこんでいた男は、この有沢慧と同じぐらいか、それ以上に若かった。なにも性交の現場を押さえたわけではない。誠実が部屋に入った時、ふたりはただ居間で酒を飲んでいただけだったのだから、いくらでも言い訳はできたはずだった。けれども男は誠実の顔を見るなり、慌てふためいて逃げ出した。殴られるとでも思ったのだろうか。一方和歌はソファーに伏せて「寂しかったの、寂しかっただけなの」と泣きわめき、誠実はそれをただ黙って見下ろしていた。

あの男はどこの誰なのか、いつから関係を持っているのかと訊ねても同じだった。あの男、の「あのおと」ぐらいで和歌が泣き出すので、会話が成立しない。

和歌はしかし「離婚はどうしてもいやだ」と言い張っている。なぜだと訊くと、また泣く。話がまったく進展しない。このあいだは差し出した離婚届をびりびりに破られた。

和歌が執着しているのは誠実本人ではなく、結婚そのものだ。既婚者という立場。あるいは住環境。けっして高級なマンションではないが、ひとつひとつあつらえた調度品と、ベランダから近くの花火大会の花火が見えるという立地を、和歌はとても気に入っている。もしくはSNSで「やさしい旦那様がいてうらやましーい☆」と言われること、なのかもしれない。それらのすべてを「自らの浮気によって相手から離婚を言い渡される」というかたちで失うことが、和歌にはどうにも我慢ならないのだ。

私が浮気をしたのは誠実くんの愛情を感じられなくて寂しかったからなのに私だけが悪いみたいに言われるのはおかしいと思う、とむちゃくちゃな理屈を盾に泣きわめく妻の姿はたちの悪い冗談のようで、誠実は先月からとうとう家に帰らなくなった。今はウィークリーマンションに住んでいる。

希望のゆくえも気にかかるが、そうした事情もあってなかなか思い通りには動けない。

「もしまたなにかわかったら、連絡します」

「ありがとうございます」

誠実が頭を下げた時、ちょうどコーヒーとカレーが運ばれてきた。

有沢慧が軽く会釈(えしゃく)をしたのち、スプーンを手にとった。「いまどき」の外見をした、店員に横柄(おうへい)な態度をとる有沢慧はしかし、じつにきれいな所作で食事をする。そのようなふるまいが身につくような、あるいは身につけざるを得ないような環境で育ったのに違いない。それが幸せかどうかはさておくとして。

「有沢さん。あなたにとって希望はどんな男でしたか。率直な印象を教えてください」

有沢慧は驚いたように一瞬目を大きく見開き、スプーンを置く。紙ナプキンで口もとを拭(ふ)いて、それからきちんと畳んだ。

「柳瀬さんは……」

それきり黙りこんでしまった相手を前に、誠実は辛抱強く待つ。無意識のうちにテーブルの角を強く摑(つか)んでしまっていることに気づいたのは、すこし後だった。

有沢慧の話　あるいは花盛りの庭

薔薇の匂いがする。むりやりつくった笑顔がさらに引きつってしまう。朝食を戻してしまいそうだ。マンションの会議室に充満する薔薇の匂い。にせものの薔薇の匂い。

「全員そろったところで、じゃあ、はじめましょうか」

隣に座っている婆さんが、わずかに身じろぎする。薔薇の匂いが濃くなる。老人特有の体臭を気にしているのか、この婆さんはいつも香水をつけ過ぎる。慧にはそれが、どうにも許しがたい。

上司に目で促されて、議事録を配った。月に一度このマンションの管理組合の理事会に出席する。それが、管理会社に勤める慧の仕事のひとつだった。

会議はたいていは土曜日か日曜日に行われる。理事をつとめているのは去年も今年もほぼ六十代以上の爺さん婆さんばかりだった。せめてちょっときれいで若い人妻でもいれば来る甲斐もあるのだが、二十年という築年数のせいか若い住人そのものがすくない。

会議の内容は毎月代わり映えしない。秋からはじまる大規模改修工事についての打ち合わせと、管理費未納者にたいする督促の状況。それから住民の苦情。共有スペースの床に子どもたちが座りこんでお菓子を食べ散らかしていた、駐車場の車がいたずらされていた、等々。こんな話し合いに毎回二時間以上も費やす意味がわからない。

「そういえばサトウさんとこのお孫さん、桜実学園の中等部に通ってるんでしょう。すごいよねえ」

こうやって議題と関係のないことを話し出すやつがいるから、ますます会議が長くなってしまう。世間話なら終わってからやればいい。

上司が机の下で慧の足を蹴る。不快な気分がもろに顔に出てしまっていたらしい。

桜実学園は、このあたりではまあ名門校と呼べるだろう。すごいよねえ、と言われたサトウの婆さんが「いえいえそんな」と身をくねらせる。

「優秀なお孫さんで」

「ほんとに、うらやましいわねえ」

うるせえ。うるせえうるせえうるせえ。議事録をまるめて、ひとりずつ頭をはたいてやりたい。その気持ちをなんとか心の底に押しこめて、ちらりと腕時計を見る。このまだと美咲との約束に遅れてしまう。

自分もしょっちゅう遅刻するくせに、美咲は慧が遅れると「事故にでも遭ったのかと思った」「あと五分待たされたら帰ろうと思ってた」と騒ぐ。

美咲は慧より一年遅く入社してきた。六十点ぐらいの顔やスタイルを、化粧や髪型でがんばって八十点ぐらいにしているのがけなげだった。受付に座る美咲を見るたび、この女を落とそうという思いが強くなった。

軽そうに見えて、意外とガードがかたかった。何度か誘いを断られたすえに、ようやくふたりで食事をするところまでこぎつけたのが一年前。

美咲のたまに半開きになる唇や足のつけねにあるちいさな痣や臍のかたちのことを考えているとすこしだけ気が紛れる。はやく、はやく、ここから出たい。

「じゃあ、また来月の第三日曜に」

上司の言葉に、大きく安堵の息を吐く。管理組合の理事たちが、ぞろぞろと会議室を出ていく。ひとりだけ、のろのろと手帳を開いたり閉じたりしてとどまっている爺さんがいた。

上司は会議室のドアの近くで、マンションの管理人となにやら話しこんでいる。慧は爺さんと目を合わせないようにしてすばやくパイプ椅子を片付けはじめる。暇つぶしの世間話の相手にされてはかなわない。

慧くん、たまに「俺に話しかけるなオーラ」出す時あるよね。このあいだとつぜん、美咲に指摘された。服を買いに行った店で、酒を飲みに入った店で、そういう雰囲気を出していることがあるのだという。

へえ、気づかなかった。そう答えたがもちろん嘘だった。自分にメリットがある相手としか話したくない。そういう思いをふんだんに持っている自覚はあった。

「あ、あのう」

爺さんはしかし、おずおずと慧に声をかけてきた。ほらやっぱり。ため息をつきたいのをこらえて「はい」と答える。「話しかけるなオーラ」を感じとってくれるやつならまだ許せる。愚鈍な年寄りはそんなもの、てんでおかまいなしだ。

この爺さんは、去年も理事をやっていた。

通常、理事は区分所有者の中からランダムに選出され、くじびきで役職を決めることになっている。しかしこの爺さんは違う。去年も今年も立候補した。いったいどれほど暇を持て余しているのだろう。

「あのう、柳瀬さんからそちらに連絡はありましたか」

柳瀬は去年までこのマンションの担当だった男だ。慧はあくまで補助という立場だったのだが、柳瀬が突然行方知れずになって会社を辞めたので、慧が正式な担当になったのだった。

柳瀬のかわりなど簡単につとまる。そう思っていた。

「今度の人は若すぎて頼りない」とかなんとかいうクレームが入ったのは、慧が担当になってわずか二か月後のことだ。どうせ年寄りのたわごとだ。ほうっておけばよいものを、以来上司がかならず理事会についてくるようになった。監視役のつもりらしいが、やりにくくてしかたない。

柳瀬と慧の年齢差は、たったの二歳だ。若すぎて、だなんて。あの人は単に年寄り受けするタイプなのだろう。とつぜん失踪した先輩の顔を思い浮かべて、奥歯を噛みしめる。たいした学歴でもないし、ものすごく有能だったわけでもない、格別に優れているわけでもない柳瀬のことをみんないつまでもしつこく恋しがっていて、バカじゃないかと思う。

「連絡はありませんね。いきなり辞めちゃって、もうそれっきりです」

慧が答えると、爺さんは無念そうに口をもぐもぐさせる。

「それは残念ですね。いや……柳瀬さんはね、私らの話もしっかり聞いてくれたし、なにより親切な人だったからねえ……それがいきなりいなくなっちゃうなんて……あの娘さんといったいなにがあったのか……」

「そうですね。はい。でも心配ないと思いますよ。じゃあおつかれさまです」

強引に会話を打ち切って、またパイプ椅子を運ぶ。爺さんが不満そうにまだ口をもぐもぐさせているのを、目の端で捉(とら)える。

悪いけど、俺は柳瀬さんじゃないんでね。心の中でそうひとりごちた。俺はあんな誰にでもいい顔する男とは違うんで。

退職願の筆跡は柳瀬本人のもので間違いなかった。ご迷惑をおかけします、という短い手紙が添えられており、消印は大阪だった。

柳瀬は子どもの頃にちょっとだけ大阪にいたことがある。慧にそう教えたのは、柳瀬の兄だ。

大阪には、一度だけ行ったことがある。せまいスペースにぎゅうぎゅう押しこむようにして建物がたっているような印象を受けた。ガヤガヤと猥雑(わいざつ)で、街を歩くだけでくたびれる。商品の陳列ひとつとっても「見て！　見て！」とはげしく自己主張してくるような街。そこに立つ柳瀬の姿は、慧の想像の中ではいいかげんにコラージュした画像のように背景になじまない。

柳瀬になじまないという点では重田くみ子もおなじだ。あの女と柳瀬が並んでいる姿が、まるで想像できない。

重田くみ子はこのマンションの住人だった。片足が不自由な父親とふたり暮らしだった。去年のくじ引きで理事に選ばれたのは重田の父親だったが、理事会に出席するのはいつも娘のくみ子だった。

はっきり言ってさえない女だった。まだ三十代に入ったばかりだというが、慧の目には四十過ぎの中年女に見えた。ひっつめた髪に、袖口（そでぐち）がぼろぼろの黒いパーカーを着ている女。よく大きなマスクをして現れて、そのマスクのすきまから隠しきれない赤い腫（は）れがのぞいていた。父親から殴られているらしい、ともっぱらの噂（うわさ）だった。

重田くみ子が部屋のカーテンに火をつけそのどさくさに紛れて消えた、というのが最初に聞いた話だった。理事会がはじまるすこし前のことだった。慧はその日電車を乗り過ごして、柳瀬よりすこし遅れた。

「一緒に逃げて」

重田くみ子が柳瀬にそう懇願しているのを、住人のひとりが目撃している。消防車が到着したので住人は一瞬そっちに気をとられ、ふたたび見た時にはすでにふたりの姿はなくなっていた。駅に向かうふたりの姿が確認されている。

その後に上司から聞いた話では「口論の最中に持っていたライターをうっかりカーテンに近づけてしまい燃えてしまった」ということになっていた。それも重田くみ子ではなく、父親がだ。父親は故意ではなくあくまで事故だと主張している。「娘が火をつけた」と虚偽の通報をした理由については「自分がつかまると思ってこわくて嘘をついた」と話しているらしい。クソみたいな親のもとに生まれたという点では、さすがに同情を禁じ得ない。

柳瀬と重田くみ子が以前から親しかったという話は今までに一度も聞いたことがない。彼らはなんの罪もおかしていないのにずっと姿を隠している。

鞄(かばん)を抱えた上司が近づいてくる。急いでいる時でもそうでない時もやたらせかせかと歩く癖があって、慧はこの男と歩くのがほんのりと苦痛だった。

「塚本(つかもと)さん、なんだって？」

塚本さんって誰だろう。ああ、さっきの爺さんか。一瞬遅れて「たいしたことじゃないです」と答えた慧に、上司が不服そうな視線を投げる。

「理事の名前ぐらいちゃんと覚えておけ」

「いやいや、覚えてましたよ」

嘘をついたら、会話が途切れた。駅に向かって並んで歩きながら、上司がちいさく溜息（ためいき）をつく。顔を背けて、口で息をした。上司の使っている整髪料は臭い。コーヒーを飲んだ後の息と混じりあうと地獄みたいなことになる。臭い。臭くてたまらない。「一緒に逃げて」か。駅で上司と別れ、美咲との待ち合わせ場所であるカフェに向かいながら、ひとりごちる。

　柳瀬はきっと、いつもの調子で「いいですよ」とかなんとか言ったのに違いない。だってあの人が、誰かから頼みごとをされて、断るところを見たことがない。忘年会の幹事かわって。いいですよ。この書類つくるの手伝って。いいですよ。要するに、ノーが言えないのだ。

　誰にも嫌われたくない、そういう人。そのくせ飄々（ひょうひょう）としていて、御（ぎょ）しがたい感じがする。

　あいつの周囲にだけ風が吹いているような感じがする。かつて上司が言ったことだ。うんざりするようなトラブルでもなんでも、涼しい顔をしてこなしちゃうもんなあ、まいるよなあ、と。

　いつも風に吹かれているような感じ。柳瀬のそういうところが、慧は心の底から嫌いだった。

角を曲がると、カフェが見えてくる。

柳瀬は、慧が入社した時の教育係だった。後輩の慧に対して、すこしもえらそうな態度をとることなく、一から仕事を教えてくれた。慧にはでも、すこし丁寧過ぎた。慧がこまごましたことをあの静かな口調で延々と説明されると、いつも眠くなった。慧があくびを噛み殺しているのに気づいても、しかたなさそうに笑うだけ。

「有沢、これ。良かったら」

研修期間の終わりに、USBを渡された。自分でつくったマニュアルだという。関係会社の誰それの趣味は盆栽であるとか、どこそこのマンションの管理人は孫が生まれたばかりであるとか、そんなことがこまごま書いてあるファイルが保存されていた。

「知っとくと、会話のとっかかりになるかなと思って」

そういうちまちました小細工を営業努力だと思っていそうなところが鼻についた。

「がんばる」なんて、ばかばかしい。

兄は有名私立中高の特待生だった。近所のやつらは兄を「有沢さん家の、できるほう」と呼んでいた。でも現在の年収ならぜったいに慧のほうが多い。

大学の研究室に閉じこもって生きている兄。信じられないことに、三十近いのにいまだに学部生の頃とおなじめがねをつかっている。めがねを新調する金もないのだろう。

　女もいないんだろうな、どうせ。あのさえない見た目じゃ。カフェのメニューをひろげながら鼻を鳴らすと、女の店員がちらりとこちらを見る。

　カウンターの隅に、花が生けてある。飲食店なのにカサブランカなんか飾って。あんな香りの強い花。近くにいた店員を呼びつける。

「あのカサブランカ」

　店員はきょとんとした顔で、慧を見返す。二十歳そこそこ、といったところか。どうかすると十代かもしれない店員は「カサブランカ」が花の名前であるとは理解していない様子だ。

　顔がかわいくても、無知な女は困る。

「あの花だよ。匂いきついでしょ」

　ひくひくと、店員の鼻が動く。

「そうですか？」

「匂いに鈍いほうなの？　どう考えても飲食店向きじゃないよ。店長さんに報告しとけば？」

　飲みものを注文すると、店員は去った。無知だが、脚のかたちは悪くない。カウンターの奥に消えるまで、その後ろ姿をとっくりと眺めた。

テーブルに置いたスマートフォンが振動する。美咲からの「ごめん。おくれる」というメッセージが表示された。

百合はね、手がかかるの。

母親の声がよみがえる。たった今、耳元で囁かれたようにはっきりと。思わずびくりと身体を震わせた。

実家の庭は広く、近所の人から「植物園」と呼ばれていた。家より広かったかもしれない。

とにかくありとあらゆる植物が植えられていて、一年中なにかの花が咲いていた。

父の好みを反映した、日本庭園ふうの一角。年に二度、松を剪定しにくる男がいて、兄や慧のことを「ぼっちゃん」と呼んでいた。母のことは、奥さまと。

その隣には藤棚と桜の木があって、石造りのベンチがしつらえてあった。そこに座ってお茶を飲んでいる両親の姿が一枚の写真のように目に焼きついている。

製薬会社につとめている父と、専業主婦の母。母は、一度も大きな声を出したことがない。なにか注意する時も、かなしい映画を観た時も、いつも口元がふんわりと微笑んでいる。

藤棚には大量の虫が潜んでいる。遊んでいると、ぼとり、ぼとりと音を立てて落ちてきた。慧はいつもその虫を踏みつけて遊んでいた。ただ踏みつぶすだけではなく、何度も何度も靴の裏を地面にこすりつけて、虫がただの汚い色のペースト状の物質にかわっていく過程を楽しんだ。

百合を育てるためのちいさな温室もあった。

「百合はね、手がかかるの」

庭の手入れをする時の母は、いつも紺色のエプロンをしていた。エプロンのポケットには、酢とオリーブオイルを調合してつくるという害虫駆除の薬が入ったスプレーボトルが入っている。いつも微笑んでいるやさしい母は、花を守るためならばなんのためらいもなく虫を殺す。

次第に母は、薔薇に凝り出した。庭で咲いた薔薇は、ときおり湯船に浮かべられた。食卓にのぼることもあった。煮詰めてジャムにして、スコーンに添えるのだ。そのスコーンは当然のごとく、母自身が焼いたものだった。家で出てくるおやつはすべて、手づくりだった。いつだったか、美咲にそう話したら驚かれた。

「どんなおやつだったの？　スコーンの他には」

「ふつうに、マドレーヌとかそういうやつ」

ふつうにって、と目をぱちぱちさせた美咲は「うちで手づくりのおやつなんか出てきたことないよ」と笑い出した。

美咲の実家はけっこうな田舎にある。みかん農家だがいわゆる兼業というやつで、両親ともに忙しかった。だからおやつは「テレビの横に小銭を入れた缶があって、毎日そこから百円ずつもらって、自分で買う」決まりになっていたらしい。買い食いなんて子どもの頃の慧はいちども、やったことがない。

「いっぺん行ってみたいな、慧くんの実家」

美咲は、もしかしたら結婚したがっているのかもしれない。でも慧のほうは今のところ結婚する気はない。両親が美咲を気に入るとは思えない。もちろん、あからさまに態度には出さないだろう。とくに、母は。かわいいお嬢さんじゃないの、とかなんとか言って、美咲が持ってきたつまらない手土産の箱をそっと押しやる。その瞬間にも母は、あの微笑みを浮かべているのに違いない。

百合は手がかかるの。薔薇もね。植物はみんなそう。でもね、手をかけたぶんだけきれいに咲いて期待にこたえてくれる。そう話している時の母の指は、土で茶色く汚れていた。

花壇の水やりを手伝ったことがあった。小学校に入ったばかりの頃だった。あれはなんの花だったのか。土の中からちいさな新芽がいくつものぞいていた。

「これ、なんのお花?」

傍らにいる母を見上げた。母は答えなかった。慧に微笑みかけ、それからすっと指を伸ばして、芽をむしりとった。

「えっ」

なんで? なんで? うろたえる慧にかまわず、母は芽をむしり続けた。まだ細くて白い根に、土が申し訳程度にからみついていた。

さっきまでたくさんの芽が生えていたのに、今では新芽同士のあいだにずいぶんな間隔が生まれていた。残されている芽も、心なしか不安そうに見える。

「間引きっていうの」

こうしないと日当たりも悪くなるし、風通しも悪いし、ちゃんと育たないのよ。しかたないの。その母の言葉がすべて終わらぬうちに、泣き出してしまった。土のついた母のエプロンに顔をこすりつけて泣いたから、慧の顔も汚れた。

「お花がかわいそう? 慧くんは、やさしいのね。でもね、しかたないのよ」

ちがう、ちがう、と首を振ったが、声にはならなかった。かわいそうだとは思わなかった。ただただ、間引きにおびえた。「マビキ」という言葉の響きそのものが異様に不吉で、今でも心許(こころもと)ない気分になる。間引き。される側には、なりたくない。でもそのために必死になるのも、ばかばかしい。どうにかして簡単に間引きする側にまわりたい。自分はそちら側に行くだけの価値のある人間だ。そう思いたい。

運ばれてきたコーヒーに口をつけた時、ドアが開いて美咲がとびこんでくるのが見えた。

走ってきたらしく、息を切らしている。頬が上気しているのを見て、さっきまで感じていた苛立(いらだ)ちが消えていく。走って自分に会いに来る女はけなげでかわいい。その「かわいい」は、ペットショップでガラス越しに犬や猫を眺める時の気分によく似ている。

自分が優位な立場にいることを確認してようやく、慧は他人に好ましさをおぼえる。かわいい、かわいいと、慈(いつく)しむことができる。

「ごめんね、遅れて」

両手を合わせて、肩をすくめる。すまなそうにしているわりにはかなりの時間をかけてメニューを吟味し、ブラッドオレンジのティーソーダとかなんとかいう長い名前の飲みものを注文した。

「なんで遅れたの？　寝坊？」

「ううん、英語教室」

「は？」

英語教室の体験レッスンに参加していて、それが存外長引いたのだという。

「キャンペーン中で、今月申しこんだら入会金無料だって言われてさ、結局申しこんできちゃった」

「なんだよそれ」

ばかじゃねえの、という言葉は、かろうじて飲みこんだ。

「英語なんか習ってどうすんの」

ちょうど美咲が頼んだなんとかソーダが運ばれてきて、会話が途切れた。

「仕事に役立つかなって」

ストローを咥えていた美咲がなぜか、すこし困ったように眉を下げる。唇にまるい雫が乗っていて、それを見ていると無性に苛立ちが募った。

「立たねえよ、そんなもん」

「なんで？　受付に外国のお客さんとか来るかもしれないじゃない」

「来るわけないだろ」

「でも転職とかに役立つかも」

肩を揺らして笑った。ばからしくってしょうがない。

「なにがおかしいの？」

「だって」

美咲が英語教室に何年通ったって、きっと英語をすらすら話せるようにはならない。よしんば話せるようになったところで、それがなんになる。それを生かした職業につけるわけでもない。

大逆転とか転機とか。そんなものが自分の人生に訪れると美咲は本気で思っているのだろうか。

「いいの。わたし自身の気持ちの問題だから」

頰をふくらませて、ぷいっとそっぽを向く。

「冗談だって。怒んないでよ」

ゆるしてよー美咲ちゃーん。顔をのぞきこんで機嫌をとっても、美咲は慧と目を合わせようとしない。テーブルの上で重ねられた手に触れようとしたら、さっとひっこめられた。

美咲がいつまでもへそを曲げているので、スマートフォンを開いた。

しばらく放っておけばいい。単純な女だから、こっちがそっけない素振りをするとすぐに不安になるのだ。じきに尻尾を振りながらすりよってくるに違いない。それまでには今日観ようと思っていた映画がはじまるまでにあと二時間近くある。

美咲の機嫌も直っているだろう。

ニュースサイトから通知が来ていた。あ、と声が出る。美咲が「どうしたの？」と慧を見た。

「結城広武が現役続行だってさ」

去年、所属していたチームから戦力外通告を受け退団したのだが、他のチームとの育成契約を結んだのだという。

「慧くん、野球好きだったっけ」

「そこまでは」

子どもの頃は、父に連れられて何度か球場に行ったこともある。少年野球も二年ほどやったが、コーチが代わり、練習がきびしくなってきたのでやめた。

結城広武は慧が小学校に入学した年に、新人王に選ばれた。ニュースを見ている時に母が「この人ちょっと秀くんに似てるわね」と兄の名を出したことで、その後もなんとなく意識していた。

度重なるケガとの闘いに苦しみ、と記事は続いている。球団から引退を打診され、引退後のポストも用意されていたが、結城は現役続行を希望。本人は「自分が納得いくまで、どれだけみっともなくても続けたい。まだ戦い続けたいんです」と語っている、という箇所まで読み上げた。

「へえ、かっこいい人だね」

「みっともねえな」

慧と美咲の声が重なった。美咲の目が、まるく見開かれる。

「えー、なんで?」

「こっちのセリフだよ」

こいつのかわりなんていくらでもいるのに、結城はいったいなにをじたばたしているんだろう。

お前はもう終わってる人間じゃねえか。画面の中の結城広武の顔をもう一度眺める。ピークはかならず終わる。それを理解できずにしがみつく者を、慧は嫌悪(けんお)する。胃がムカムカしてくる。

気がつくと、美咲はうつむいてストローをいじっていた。なんとかソーダのなかみは三分の一も減っていない。

「なんなんだよ」

声に苛立ちがにじんでしまう。毎回機嫌をとってもらえると思っているのなら、大間違いだ。

美咲が顔を上げる。存外きついまなざしで見つめられて、不覚にもびくっと身を引いてしまった。

「なに」

「慧くんってさ、本気でなにかがんばったことないでしょ」

「はあ？」

「そうやっていつも、どこか高いところから見おろしてるつもりで、人のことばかにして笑ってる。本気でなにかになりたいとか手に入れようとか、そんなふうに思ったことがないから平気で他人を否定できるんだよ」

なにを言い出すかと思ったら、とつぜん熱血スポーツ漫画の登場人物みたいなことを言い出した。

「してないから」

「してるよ。わたしのことだっていつもばかにしてる」

「だから、ばかにしてないって」

「ばかにしてるよ。さっき英語教室のこと笑ったし」

「ばかにして笑ったわけじゃないって。被害妄想だよ」

ほら、そうやってまたわたしが悪いみたいに言うし。美咲の声が大きくなった。近くのテーブルにいた女ふたりが、半笑いでこっちを見ている。見世物じゃねえんだよ。

「ていうか、ばかにできる相手としかつきあえないんでしょ。ちょっと見下せる女がいいんだよ、慧くんは。いくらわたしが頭悪くてもそれぐらいわかるんだからね」

「落ちつけよ」

女はすぐに感情的になる。ついていけない。ため息をついたら、あろうことか美咲はめそめそと泣き出した。頭をかきむしりたくなる。

「泣くなって。泣くようなことか？　違うだろ」

美咲が顔を覆う。肩が小刻みに震え出した。近くのテーブルの女たちのまなざしは、いまやはっきりと非難の色を帯びていた。カサブランカが花の名だと知らなかった店員も、首を伸ばしてこちらの様子を窺っている。

「泣くようなことだもん。言っとくけど泣くようなことかどうかは慧くんじゃなくてわたしが決めることだから」

「なんかあったの？　今日変だよ」

「変なのは慧くんでしょ。顔見た瞬間に思ったもん。あ、今日機嫌悪いなって」

今度は責任転嫁か。苛々しながら「悪くないって」とつとめて冷静に答える。美咲がうつむいて、なにごとかを言った。声がちいさくて、断片しか聞きとることができなかったが。

「柳瀬さんがなんだって？」

美咲は今、たしかに柳瀬の名を口にした。

「柳瀬さんがいればよかったのに、って言ったの」

なぜこのタイミングで柳瀬の名が出てくるのか。真っ赤になった鼻をぐずぐず言わせている美咲を睨みつける。

「柳瀬さんは、いい人だったよね」

いい人。復唱して、フンと鼻を鳴らす。

「都合のいい人、の間違いだろ」

なにを言われても「いいですよ」とこたえる男。どいつもこいつも、柳瀬、柳瀬って。

「ちがうよ、そんな人じゃなかった」

「お前が柳瀬さんのなにを知ってんの？　お前は柳瀬さんのなんなの？」

「なんなのって、なんでもないけど」

驚いたように身を引く美咲の、その返答は慧の耳には「なっ、ななななのって」と聞こえる。つまり、ひどくうろたえているように。

「もしかして好きだったとか？」

赤い絵の具をふくんだ刷毛で撫でたようにさっと美咲の頬が染まるのを見て、後頭部を思いきり殴られたような衝撃と痛みが走った。

「ちがうよ」

「じゃなんで赤くなってんの」

「いい人だった、って言っただけなのに慧くんが変なこと言うから」

慧と美咲がつきあいはじめたのは柳瀬がいなくなるすこし前だった。何度声をかけても「今日はちょっと……」とかなんとか言葉を濁していたくせに、ある時とつぜん誘いに乗ってきた。それも柳瀬と、なにか関係があるのか。柳瀬に言い寄ってふられたとか？

「美咲にとって俺は、柳瀬さんの代用品だったわけだ」

「慧くん、なに言ってんの？」

驚くと目をまるく見開く。美咲のその癖を、すこし前までかわいいと思っていた。ちょっとばかっぽくてかわいいと。

これが美咲が言っていた「見下せる女がいい」ということなのかもしれない。でも、だとしても、それがなんだ。

「それがなんだよ」

テーブルに手を振り下ろしたら、存外大きな音がした。

「え、『それがなんだよ』ってなに？　なんのこと言ってんの？　急に大きな声出さないで」

お前はだってそうやってちょっとばかなところがかわいいいんじゃないか愛玩(あいがん)されるのが似合う女なんじゃないかそれが似合うっていうかそれしか取り柄のない女じゃないかそのくせ英語の勉強するだとか言いやがってあげくのはてには本気でがんばったことがないとかぬかしやがっておまけに柳瀬がいればよかっただとふざけるなふざけるなふざけるな

「帰るね」

おびえた顔で美咲が席を立つ。後を追う気にはなれずにそっぽを向いた。カサブランカはいつのまにかどこかに片づけられていて、なにもないその空間は間延びして見えた。

ポップコーンと炭酸水を抱えて、ひとりで座席に腰をおろす。意地でも「映画を観る」という今日の予定を遂行するつもりだった。座席に荷物を置き、通路に戻って巨大なポスターをスマートフォンで撮影する。今から映画、とSNSに投稿して、電源を切った。

天才数学者の生涯。愛と苦悩。そんな内容の映画であるらしい。ありがちだが、美咲は妻役の女優のファンらしく、公開前から観たい観たいと騒いでいた。女に受けそうな女だと思う。この女優のことだ。いわゆるフェミニストというやつなのだろう。このあいだ映画賞の授賞式のスピーチではドレスではなくタキシードを着て、映画の内容とまったく関係のない女性の権利がどうとかいう話を延々としていた。

本気でがんばったことがない。美咲の言ったことは正しい。

腹が立つのはそう言われたことではない。それが、まるでなにか悪いことのように責められたことだ。がんばろうががんばるまいが俺の勝手だろうが。

「やる気を見せてくれよ」

上司はいつも慧にそう言う。お前、なんか冷めてるのがかっこいいと思ってないか？　と呆(あき)れ顔を向けられたこともある。美咲と一緒だ。

要領よく世の中を渡っていきたい。必死にがんばるなんてことはしたくない。それのなにがいけない？

照明が落とされて、予告編がはじまる。さえない女子高生であるわたしに訪れた、学園の人気者の彼との恋、そして悲劇（たぶんそのうちどちらかが難病になる）。アメリカ郊外の平和な町に襲い来る恐怖（殺人鬼）。おとずれた客にちいさな奇跡をもたらす、魔法のレストラン。どれもこれも、どこかで見聞きしたようなありきたりな話ばかり。

ようやくはじまった本編も、似たようなものだった。子どもの頃から「変わり者」で通っていた男にはたぐいまれな数学の才能があることがわかり云々。天才故に、凡人との会話が嚙み合わなかったり、敬遠されたりする主人公のことを、なぜかヒロインだけは理解し（もちろん初対面の場面では反発する。その後の心が通じ合う場面がぐっと引き立つように）、献身的に尽くす。

映画に出てくる「天才」はどうしてみんな似ているのだろう。たいてい髪がぼさぼさか寝癖がついているか、あるいはその両方か。行動が極端なので周囲の人間に誤解されやすいが、じつはピュアで美しい心をもっている、というふうに描かれる。

慧の兄は「天才」ではなかった。ただ、おそろしく勉強ができた。でもなにかを暗記したり、山のような問題を解いたり、何時間も机に向かうことが苦にならなかったりすることは、たしかに一種の才能なのだろう。

「勉強しろなんて言ったことないのよ」

周囲の人に、母はいつもそう語った。なにかの言い訳みたいに、ちょっと肩をすくめて。それはほんとうのことだ。たしかに母は「勉強しろ」と兄にも慧にも言ったことがない。

スクリーンの中では天才数学者が一心不乱に数式みたいなものを黒板に書き殴っている。見る人が見ればわかるのかもしれないが、慧にはさっぱりわからない。

「いいのよ、慧くん」

また母が耳元で喋（しゃべ）っている。

「勉強だけがすべてじゃないんだから」

テーブルに広げられた期末考査の結果のプリント。薔薇の香り。プリントの脇（わき）の皿には、母の手作りの焼き菓子が美しく並べられていた。

どこでつまずいたのかわからない。いつの頃からか、学校の勉強にまるでついていけなくなった。わからないから、授業中ついぼんやりしてしまう。ぼんやりしているから、ますますついていけなくなる。

塾に行きたいと申し出た慧に、両親は「無理しなくていい」とやさしく微笑んだ。

「勉強だけがすべてじゃないんだから。ねえ、お父さん」

「そうだぞ、慧。慧は自分に向いてること、自分の好きなことをやったらいいんだ」

彼らは口々に慧を元気づけようとした。

「自分の好きなもの。それを追い求めていれば、いつかどこかにたどりつける。何者かになれる。どんな道に進んでも、私たちはお前を応援するよ」

肩に置かれた父の手。がっしりとして温かくて、慧のそれとは骨組みから違う。

たちが悪いのは、とポップコーンをひとつ指でつまんで思う。塩気がきつくて、知らぬ間に唇が歪む。

たちが悪いのは、あのふたりの鷹揚さだ。人に話せばまちがいなく「いいご両親じゃない」と感心されてしまう。できない息子を叱咤するでもなく、そのまま受け入れてくれる父と母。おまけにあの兄。

慧には良いところがいっぱいあると思うよ。このあいだ顔を合わせた時、兄はそんなことを言った。なにやら照れたように目を伏せて。

俺はお前みたいに友だちも多くないし。女の子に気の利いたことも言えないし。ちょっとうらやましかったりするんだぜ。結局のところ、人生で成功するのは慧みたいなやつなんじゃないかと俺は思ってる。などと告白する兄と黙ってそれを聞いている慧を、ソファーに座っていた両親がにこにこしながら見つめていた。

完璧（かんぺき）な家族。愛情深き彼ら。ぐうの音も出ないほどの正しさ。息がつまる。好きなことをやったらいいんだ、なんて。

ポップコーンをつぎつぎと口に押しこみながら、慧は自分が泣いていることに気がついた。洟（はな）を啜（すす）ったら、斜め前に座っていた女が振り返るのがわかった。映画は今、ちっとも泣くような場面ではない。

好きなものを見つけなければならなかった。

特別な者であれ、なにかを追い求める者であれ、という重圧。少年野球にはじまってサッカー、ギター、サーフィン、絵を描くことや読書や映画、いろんなものに手を出して、それでも一度も夢中になれたことはない。見つけなければならなかったのに、どうしてもどうしても見つからなかった。

いつのまにかエンドロールが流れていて、慧は席を立つ。半分以上残っているポップコーンを、ゴミ箱に捨てた。

四十点。一応うまくまとまってるけど、ありがちな話だと思った。ラストも読めたし、新鮮味がない。観る価値無しとは言わないけど、レンタルで充分だったかな。

ロビーの椅子に座り、さっき撮影したポスターの画像とともにSNSに映画の感想をアップする。実際のところ後半ほとんど観ていなかったけれども、この感想はまちがっていないはずだ。ほんとうにおもしろい作品だったら、観客にほかのことを考えさせる間も与えず、その世界に引きずりこんでくれるはずだ。

「#cinema」というタグをつけた自分の投稿をさかのぼる。二十八点、十五点、いちばん高くて、六十点。かつて自分が学校のテストでもらっていた点数に酷似している。

このアカウントは、知り合いには教えていない。斜め上から撮影した自撮りのアイコン。顔がはっきりとわからないようにしてあるから、もし誰かに見られても慧だとはわからないだろう。

最初は単純に「この本わたしも読みました」「あの映画よかったですよね」なんてコメントをもらうのが楽しかった。でも、だんだん他人の感想を読むと焦るようになった。自分がさっぱり内容を理解できなかった作品について検証と考察を重ねているブログなんかを読むとくやしくてたまらない。

そのうち観たい映画や読みたい本ではなく、あまり知られていないような作品を選ぶようになった。通だね、と言われるような。他人に「これを選ぶあなたのアンテナはすごい」と感心されるような作品。

　身もふたもない言いかたをすれば、他人からセンスがあると思われたかった。もちろん大衆受けする作品もチェックするが、手放しで「おもしろかった、楽しかった」では、いかにも頭が悪そうでいけない。こいつ浅いな、なんて思われるぐらいならいっそ死にたい。

　点数をつけている時だけ実感を得られる。ここにいる、世界と繋がっているという実感。点数をつけられる側からつける側にやっとなれた。

　他の映画の上映が終わったらしく、ロビーに人が流れこんできた。甘ったるいキャラメルポップコーンの匂いとさまざまな人間の体臭や香水や柔軟剤の匂いが混じって、知らぬ間に呼吸を止めた。

　人ごみの中に柳瀬に似た男を見つけて、思わず立ち上がる。

「柳瀬さん」

　大声で名を呼んでみたが、柳瀬はエレベーターのほうに向かっていく。

「柳瀬さん」

　駆け寄ろうとして、親子連れとぶつかりそうになる。それをよけたら今度は並んで歩いていたカップルのあいだにとびこむようなかっこうになって、数歩よろけた。

足がもつれてうまくすすめない。エレベーターの扉が開くのが見えた。柳瀬さん、柳瀬さん。何度も呼びかけているのに、振り向きもしない。聞こえていないのか、それとも無視されているのか。

柳瀬さん。柳瀬さん。俺はあんたに訊きたいことがある。なんで急に消えたんですか、なんてことじゃない。そんなことはどうでもいい。戻ってきてくれなんて言う気もない。とにかく立ち止まって、話を聞いてくれ。

柳瀬の後ろ姿がエレベーターに吸いこまれていく。ようやく追いついた慧の目の前で、扉がすっと閉まった。

最上階に映画館を擁するこのビルの階下には書店やレストランがある。柳瀬をのせたエレベーターの階数表示は複数の数字で止まり、だから柳瀬がどのフロアでおりたのか、確証はなかった。

いちかばちか、一階を目指した。エスカレーターを駆けおり、外に出て柳瀬の姿をさがした。

あいつか。違う。あれも違う。こいつも違う。見失ったことを認めたくなかった。

ぐるぐる周囲をみまわし、路地をのぞきこむ。

いまにも雨が降り出しそうだった。雲が重たげに連なって街を暗くする。六月特有の湿った空気が慧の額に汗をかかせる。おくれ毛が首筋にはりつく。ちいさな爪で肌の表面をひっかかれているようなかゆみをおぼえる。不快さに思わず舌打ちしたら、斜め前を歩いていた女から睨みつけられた。

やる気を見せてくれよ。あの時、慧に向かってそう言い放った上司は「柳瀬もそう思うだろ」と同意を求めた。

柳瀬は首を振ってかすかに笑った。

「いいんじゃないですか。みんなが同じ人間だったら気持ち悪いし。同じ働きかたをする必要はないでしょ」

その後、定食屋で偶然柳瀬と鉢合わせた。相席いいかな、と言われて断れず、向かい合って腰をおろした。

「柳瀬さんが言ったさっきのあれって、俺は俺のままで構わない、みたいなことですか？」

だとしたらきれいごとだ。柳瀬は箸をとろうとしていた手をとめて、小さな声を発した。「うん」とも「ううん」とも聞こえた。

「どっちですか」

「どっちでもいいよ。そう思いたいならそう思えばいい」

「……柳瀬さんには、あるんですか」

「なにが？」

夢、みたいな。生きがい、とか、目標、とか。そんな単語を口にしている気恥ずかしさに、つい声が小さくなった。定食屋のざわめきに飲まれる慧の声を拾おうと顔を近づけてきた柳瀬からはなんの匂いもせず、そのことにかえって動揺した。無臭の人間なんか、この世にいるのか。

「なにがあるって？　ごめん、もう一回言ってくれる？」

「……追い求めているもの、です」

驚いたように身を引いた柳瀬が「ははっ」と声を上げた。そうしたら、きれいに整列した白い歯がのぞいた。

「ないよ、そんなもん」

柳瀬さん。どこにいるんだよ。

柳瀬をさがしもとめているうちに、人の多い通りに出た。黒や茶色の頭、頭、頭、頭、視線を下に向ければ靴、靴、靴、さっき見かけた柳瀬がどんな色の服を着ていたかもう思い出せない。人ごみに充満する柔軟剤の薔薇（ばら）の香り。噎（む）せそうになる。吐きそうにもなる。薔薇の匂いはいつだって、慧をあの庭に引き戻す。

そもそもさっきの男がほんとうに柳瀬だったのかも、もう自信がない。でも慧は歩くのをやめない。やめられない。いつのまにか走り出していた。

教えてくださいよ、柳瀬さん。

「ないよ、そんなもん」と笑っていた柳瀬。それなのにどうしてそんなふうに、風に吹かれているように立っていられるんだ。どっちでもいいよ、なんて笑われたって、わからない。

ぐらりと身体が傾（かし）ぐ。足元に落ちていたビニール袋に足をとられて、慧は転んだ。したたかに左半身を打ちつける。恥ずかしさと痛みでしばらく動けなかった。通りかかる人は、きっと笑っているだろう。

たったたっ、と足音が近づいてきて、ふいに誰かの手が慧の頭に触れた。立てる？　と問う声には聞き覚えがある。

「慧くん？　聞こえる？」

美咲の身体からは、なぜかいつもミルクのような甘い匂いがする。どうしてなのかはわからない。そっと目を上げると、美咲は泣きそうな顔で鞄をごそごそさぐっていた。

「……なにしてんの、美咲」

「返事がないから、救急車呼ぼうかと思って」

「おおげさなんだよ」

「死んだのかと思ったでしょ、ちゃんと返事して」

「だいたいなんでここにいるの」

足首をひねったようで、ちょっと動かしただけでひどく痛む。こんどは座った姿勢のまま、立ち上がることができない。

「ずっといたよ」

「は？」

「慧くんがロビーで映画の悪口書きこんでるとこも、ずっと見てたよ。いきなり走り出すからびっくりして、あわてて追っかけてきた」

カフェを出た後しばらくぶらぶらしていたのだが、映画の終わる時間を見計らって慧を待っていたのだという。声をかけるタイミングをずっとさがしてた、と言いながら美咲がスマートフォンの画面を慧に向ける。誰にも教えていないアカウントのホーム画面が表示されていた。

なんで知ってるんだよ、と問う声が上擦(うわず)った。余裕たっぷりに笑う美咲が憎らしくなる。

「勝手に見るなよ」

「見るよ。これからも見てるよ」

SNSの投稿だけじゃない。柳瀬をさがしておろおろと走りまわる姿も、ぶざまに転んだ瞬間もぜんぶ美咲に見られていたのだ。

「慧くん、すごくかっこわるかったよ」

「うるさい」

膝(ひざ)を抱えてしゃがんでいる美咲を睨みつける。

「でも、かっこわるい慧くんのほうが好きだよ。わたし」

「うるさい」

「なんていうの、味わい深いっていうの？　そんな感じ」

うるさいうるさい。蠅(はえ)でも追い払うように頭を振る。そうでもしなければ頬が熱くなっていくのをごまかすことができない。

「……で、なに？　美咲は俺に謝りに来たの？」

慧を立ち上がらせようと肩を貸しかけた美咲が怪訝(けげん)な顔をする。

「なんで？　わたし悪くないし、謝るとか意味わかんない」

立ち上がろうとしたら足首の痛みがひどくなり、結局また地べたに座りこんでしまった。

「まちがいだけ訂正しようと思ってさ。だって柳瀬さんのこと好きだったのって、わたしじゃなくて慧くんだもん」

「は？　なに言ってんの」

自信満々な顔で、いったいなにを言うのか。

「柳瀬さんがいればよかったのにって、いつも思ってる。だって慧くん、柳瀬さんがいなくなってからずっとさびしそうだから」

柳瀬と過ごした時間は、そう長くない。交わした言葉も多くない。

今も柳瀬がここにいれば、いずれ自分にもわかったのだろうか。「なにか」なんてなくても堂々と立っていられる方法が。

だけど、いなくなってしまった。わからないままでやっていくしかないんだろうか。これからも。

「ちょっと待っててね」

慧から離れた美咲が、歩道の端に寄る。

「なにしてんの」

「タクシーつかまえるの。病院行くでしょ？」

片手をあげた姿勢のまま振り返る美咲を、はじめて「たのもしい」と感じた。いつものようにかわいいかわいいと見下ろすのではなく、まぶしく見上げる。重たげな雲が割れ、光が射（さ）して、あの美しい庭とは似ても似つかぬ街の景色をやわらかく白く染めていく。

柳瀬誠実と弟の話　4

なんだこいつ、ともうすでに十回以上思った気がする。

日曜日のショッピングモールは「混沌（こんとん）」と呼ぶにふさわしい。フードコートは特にそうだ。話し声笑い声赤ん坊の泣き声ファストフードの店から漂う油の匂（にお）いうどん屋の出汁（だし）の匂いドーナツ屋からはやっぱり油の匂い店内のアナウンス傍を走り抜ける幼児のぴっきゅぴっきゅ言う靴の音舞いおどる埃（ほこり）、嫌いなものばかりが集まっている場所で、百年かかわっても好きにはなれないタイプの男と向かい合っているという状況にふいに笑えてきて、ゆるみかけた口元をひきしめた。

興信所の男に個人的に紹介された高遠という男に、ようやく電話をかけた。なかなか決心がつかなかったのだが、ようやく。捜してくれるなとでも言いたげな希望からの「心配いらない」という電話を思い出し、ほうっておくべきかと思ったりもした。

和歌との問題もあった。仕事だって忙しい。あれこれ言い訳をならべて後回しにしていた。

後輩の水木がなにかの話の途中で口にした「嫌なことは先のばしにしても嫌なことのままだ」という言葉が高遠に連絡をとるきっかけになった。これ以上先のばしにしても、希望のことが解決するわけではない。

「ああ、じゃあ、今から会います？」

すこぶる軽い調子でそのように提案した高遠は、自分はどこそこというショッピングモールにいるから着いたらまた連絡をくれ、と一方的に喋り、そこで唐突に電話が切れた。まず最初の「なんだこいつ」の瞬間だった。

フードコートのフロアの真ん中あたりの、四人掛けのテーブルに高遠はいた。無精ひげをはやしていて髪がぼさぼさで、隣の椅子に片足を投げ出すようにして座っていた。着ているシャツのボタンは、これまで一度もいちばん上までとめられたことがなさそうだった。ふたつめのボタンだってあやしいものだ。

それが二回目の「なんだこいつ」だった。高遠さんですか？　と声をかけたら無言でじろじろ見つめられて、はやくも三回目の「なんだこいつ」の出番が来た。

「名刺は持ってません」

誠実が向かいに座るなり、唐突にそう告げてくる。「はあ」と誠実は頷く。なんだこいつ。

「じゃああなたがほんとうに高遠さんかどうか、わかりませんね」

「名刺がなんの証明になるんですか」

あんなもん偽名だって作れるんだから、とかすかに肩を揺らす。たしかにそうだが、気にくわない。

白いテーブルの表面に無数の傷がついている。これまで何人の人間がここに格別うまくもない食べものの載った皿やトレイを置いたんだろうとどうでもいいことを考えていると、その傷の上を高遠の腕が横切った。

ずいぶんでかい手だな、とまず思った。指先が荒れて、白く乾いていた。節々がごつごつと太くて、手の甲に無数の傷ややけどのあとがある。

急に自分の華奢な手が恥ずかしくなり、テーブルの下に隠す。

武骨な手が胸のポケットからちいさなノートを取り出し、存外器用にペンをあやつって「高遠誠二」という名前と十一桁の数字を綴るのを、誠実は黙って眺めていた。

「これでいいですか。名刺のかわり」

高遠がノートをやぶりとって、誠実の手元にすべらせる。なんだこいつ、を奥歯でかみつぶしながら、その紙切れをポケットにしまう。「誠」の字がこの男の名にも入っていることがなんとなく不愉快だった。

高遠がなにか言ったが、隣のテーブルの子どもが奇声を発したために、うまく聞き取れなかった。

え、と訊き返すと高遠がすこし声を大きくした。いわゆるショウフクってやつなんですよ俺、と言ったのだった。脳内でショウフクを妾腹に変換するのにしばらくかかった。

「冗談みたいにできる兄貴がいましてね。本宅のほうに」

親の会社を継いだ兄に頼まれて、二十代の頃から表沙汰にはできないような物事の処理や調査を引き受けてきた。そのうち兄の知り合いからもめんどうな頼みごとをされるようになった。それらを引き受けて小遣いを稼いでいるうちに、今ではすっかり「探偵のまねごとみたいなもの」が生業になってしまった、という。

よくある話ですよと高遠は言うが、誠実はすくなくともそんな人間にはじめて会った。普段なら関わる必要のない人間と接触せざるを得なくなった自分の状況の変化に、あらためて思いを馳せる。

「それで、引き受けてもらえますか?」

「言っておきますが、プロの探偵じゃないって言ったたって無料じゃないですよ」

「……わかってます」

希望がいなくなった経緯、重田くみ子の旧住所など、知っていることはすべて話した。高遠は相槌をうつわけでもなく、無言でペンを走らせ続ける。

高遠が足を動かすと、傍らの椅子に置かれた紙袋ががさっと音を立てた。ショッピングモール内の鉄道模型を売る店の名が印刷されている。誠実の視線に気づいたのだろう、紙袋を指先でとんとん、と叩くようにして「ガキがいるんで」と言った。

「そうですか、お子さんがいらっしゃるんですか」

「俺の子どもだ、とすくなくともガキの母親は言っています」

ならば結婚はしていないのか。高遠が子どもの世話をする姿がまったく想像できない。おむつを替えたり、あやしたりするのか。電車が好きなら男子か。いやそうとは限らない。高遠が「車両をちらっと見ただけで電車の名前が正確に言えるのに、近所の他のガキの顔や名前は覚えられない」と続けたが、やっぱり性別はわからない。

隣のテーブルで子どもがまた奇声を発した。耳がきんと痛くなる。チョコレートソースまみれの口もとで、母親の胸に顔をぐりぐりと擦りつけている。和歌なら「服が汚れる」と悲鳴を上げるだろう。

子どもがいたら、すこしは違ったかもしれないがね。このあいだ食事を共にした時の義父の言葉が頭の奥で聞こえた。

もとは上司であった義父から電話がかかってきた時「離婚はするな」と釘を刺されると思っていた。和歌はきっと両親に言いつけたのだろうと。誰それが自分をいじめたと訴える幼児のように誠実を詰り、娘を溺愛している義父はそれを頭から信じたはずだったが、意外にも離婚するなとは言われなかった。

「君も和歌も若い」

まだやりなおせる年齢だ、と誠実の肩を叩いた義父は「子どもがいたら、すこしは違ったかもしれないがね」と呟いて、小さく息を吐いた。和歌に泣きわめかれるより、責められるより、ずっとこたえた。

子どもがいたら。仮定については考えないことにしている。まだやりなおせる年齢だと義父は言ったが、まだ、はいつ、もう、に変わるのだろう。もう無理、と他人に判断される年齢は何歳なのか。

「弟さんの写真はありますか」

高遠に言われて、はっと現実に引き戻される。そうだ、今は希望のことを話しているのだった。

「はい、持ってきました」

最近の希望の写真は持っていなかったから、有沢慧に頼んでいくつかもらった。社内報の写真をコピーしたものが一枚と、仕事中の姿を撮影したものが数枚ある。管理しているマンションの改修工事にあたって、住人向けの説明会を実施した時の姿だという。スライドの準備をしたり、壁際に立って誰かの説明を聞いたりしている姿がうつっていて、それを見ているとなぜか胸がちくちくと痛んだ。

こんなにもごく自然に社会になじんでいるように見えるこの男が、どうしてとつぜん姿を消してしまうのかという単純な疑問が棘になって刺激してくるのは、漠然とした憧れを抱きはじめたからかもしれない。今抱えているめんどうなことをぜんぶ投げ出して、誰も自分を知らない場所にいったら、さぞかしすっきりするだろう。

「たいした美形だ」

高遠が手に取って見ているのは社内報の写真だ。正面を向いた顔が大きくうつっているのはその一枚きりだ。その他の写真を眺めていた高遠ははたして、誠実が思ったこととまったく同じ言葉を口にする。

「弟さんは、写真によってずいぶん雰囲気が違うんですね」

「……そうなんです」

　別人のよう、とまでは言わないが、ある写真では冷酷そうで、ある写真では温和そうで、と受ける印象が異なる。誠実は自分の手帳にはさんでいた二枚の写真を取り出す。自分のアルバムからはがしたものと、希望の部屋の冷蔵庫に貼(は)ってあったものだ。

「これは子どもの頃の写真なのですが」

　高遠は二枚の写真を手に取って、交互に見た。

「こっちはちょっとしたホラーですね」

　希望が持っていたほうの写真を、誠実のほうに向けた。

「ホラー、ですか」

「のっぺらぼうだ」

　自分の喉(のど)がひゅっと音を立てるのを聞いた。冷蔵庫の前でこの写真を見た時の感覚を言語化しようと試みて、その都度失敗していた。けれども高遠はたったひとことで表現した。

　のっぺらぼう。言い得て妙だ。写真の中の希望にはもちろん、目も鼻も口もある。それなのに、どんな顔、と言いようがない。

　その顔自体おそろしかったし、希望がなにを思ってこれを冷蔵庫のドアに貼って眺めていたのか、ということを思うとなおさら不気味さが募る。

「弟を見つけてください」

「やってみますよ」

前金として請求された金額分の紙幣を財布から抜き取りながら何気なく顔を上げると、高遠はまだ希望の写真を見ていた。高遠の唇をかすかに震わせている感情の内訳は、誠実にはわからない。

シロツメクサと小平敦子の話

シロツメクサの花はポンポンみたいにまるくてかわいい。今年の運動会のダンスでは園児たちにこんなポンポンを持たせてあげよう。にこにこ顔で踊る園児たちの姿を想像しただけで、敦子(あつこ)の胸にじんわりとあたたかいものが広がる。

かわいいかわいい、わたしの子どもたち。ひとりごちて目を閉じた。ぶうんとかすかな羽音を立てて、蜜蜂(みつばち)が顔の横を飛んでいく。遠くに見える山は霞(かすみ)がかかって、空はやわらかく青い。

クローバー畑についたとたん、園児たちは甲高い声を上げながら走り出した。カラフルなエプロンをつけたよしえ先生やアケミ先生が追いかけていくのを見てふっと目を細めた。そうすると自分がやさしげな顔になることを知っている。

先生があわてて走るのがおもしろいのか、園児たちはきゃあきゃあと笑い出す。

すこし離れたところに実花子先生がいるのに気づいた。エプロンのポケットに片手をつっこんで、ぼさっと突っ立っている。

「実花子先生。子どもたちをほったらかしにせんといて」

思わず声が尖る。実花子先生はいかにもだるそうに顎を上げた。

「ちゃんと見てますけど?」

「見てるだけ? よしえ先生たちを見習いなさい」

実花子先生が顔を背けて歩き去る際に舌打ちしたことに、敦子はちゃんと気づいている。舌打ちなんていう品のないことを平気でしてしまう、それが実花子先生なのだった。

敦子が保育園をつくろうと思いたった時から、心に決めていたことがひとつあった。園児の定員はぜったいに十名以下、多くても十五名以下におさえること。

ひとりひとりに目が行き届く保育をしたいんです。銀行で融資を受ける際、そう語った。話す時に胸の前で両手を組みあわせるくせがある。意図的にその仕草をしてみせる時もある。

「せんせい、マリアさまみたい」

勤めていた頃、ある園児にそう言われて、それ以来だ。

父はこのあたり一帯の土地を所有しており、子どもの頃から敦子は「お嬢さん」と呼ばれていた。小平さんとこのお嬢さんがつくった保育園。近所の人はみんなこの『のばら保育園』のことをそう呼ぶ。結婚し、子どもをふたり産んでもなお、敦子は「お嬢さん」のままなのだ。

春には園児を連れてお散歩に行く。れんげを摘みに。あるいは四つ葉のクローバーをさがしに。れんげの生える田もクローバー畑も小平家の私有地だった。先日から父のところにショッピングモール誘致の話が持ちこまれているけれども、とんでもないことだ。そんなものは、この町には必要ない。子どもたちには自然がいっぱいの環境で過ごさせてあげたい。

敦子が客に向かってそう主張した時、めったに家に帰らない夫がたまたま在宅しており、その際にぶつけられた言葉が今も忘れられない。

「お前はごリッパな女だなあ」

小馬鹿にするように音の出ない拍手をしながら、そう言ったのだった。いつもそうだ。敦子のやることなすことすべてに嫌味を言わなければ気が済まないらしい。夫はきっと、しがない会社員である自分と保育園の園長をしている妻をくらべて勝手に僻んでいるに違いない。

夫の顔や声を思い浮かべると身体が重くなる。おいしくない食べものでお腹がいっぱいになってしまった時の気分に似ている。

「けっきょくね、古い男やっていうことよ」

いつだったか友人に語った自分の声がよみがえる。自分より有能な妻が許せないということよね、と言ったら友人も「そうよ、そのとおり」と同意してくれた。あつかいやすい女が好きなのだ、夫は。たとえば、あの女のような。

風が吹いた直後に、左目に軽い痛みが走る。ゴミがはいったらしい。俯いてまばたきしていると、ちいさな手がエプロンの裾を引っぱった。

「えんちょうせんせい。ないてるの?」

武流くんが心配そうに敦子を見上げている。

「いいえ、目にゴミが入っただけよ」

微笑みかけると、ほっとしたように笑う口もとがかわいらしい。ちょうど生え変わりの時期で、前歯が一本ぬけている。

「武流くんはやさしいなあ」

いい子。いい子。頭をなでてあげる。いい子、いい子。わたしの武流は、ほんとうにいい子。

保育園では、ママのこと「園長先生」って呼ぶのよ。そのお約束をしっかりと守っている、とってもいい子。

二十四歳で実花子を産んだ。男でなければ困ると焦ったが、敦子の父はかつて敦子がそうしたように婿を取ればいいのだと平気な顔をしていた。

夫はその頃から、頻繁に外泊をするようになった。

さびしくはなかった。保育園をつくることで頭がいっぱいだったから。働きに出なければならない母親のもとに生まれたかわいそうな子どもたちを育ててあげること。それが自分の使命であると信じていた。

成長した実花子は大学に行きたがっていたが、こちらが指定した進学先でなければ学費は援助しないと脅して短大に行かせた。娘には保育士になってあとを継いでもらわねばならない。勝手は許されない。もめにもめた挙句言うことを聞かせたが、実花子はいまだに不満を抱えているらしい。

馬鹿な娘だ。受け継ぐべきものがあること。それがどんなに幸福なことであるのか、あの子はちっともわかっていない。

ようするに精神的に幼稚なんやわ。園児に手を引かれながらのろのろ歩いている実花子を睨みつける。

実花子を産んで以来、夫とはもう二十年ほど身体的な接触がなかったのだが、ある晩遅くに帰ってきたと思ったら、いきなり敦子の布団に入ってきた。酔っていることは吐く息の匂いでわかった。払いのけることもできた。でも、そうしなかった。はじまったと思ったらすぐに終わった。視線が合うことは一度もなかった。

夫と交わったのはその日が最後で、翌月生理が来なかったので検査したら、妊娠していた。妊娠中に四十五歳の誕生日を迎えた。高齢出産ということでありとあらゆる危険を考慮してくださいとの話だったが、第一子の時とかわらず妊娠経過には問題なかった。

お腹の中の子どもが男の子だとわかった時、「鼻をあかしてやった」という感覚があった。尊敬しているはずの父に「婿をとればいい」と言われた際のかすかな屈辱感や、夫が敦子を小馬鹿にするたびにぴくぴく動く眉や、同級生にかつて言われた「息子も産んでおくべきよ。男の子ってやっぱりかわいいし」という言葉がつぎつぎとよみがえった。

武流という名は敦子の父につけてもらった。強く気高い男になるようにという皆の願いを背負って、すこやかに今日まで育った。

小平家の跡取り。武流の名には王冠のように、常にその言葉がかぶせられる。

自分の子どもだからと言って、特別扱いはできない。武流もほかの園児と平等にあつかうし、実花子に対してはほかの先生以上にきびしく接している。

ぎゃーっという泣き声が響きわたる。どうやら園児のひとりが転んだらしい。敦子は眉をひそめてそちらに歩み寄っていく。

膝をすりむいているようだ。血がにじんでいるが、ちょっと大げさに泣き過ぎではないか。

「泣かない、泣かない。男の子でしょ」

男が泣いていいのは人生で三回だけよ。やさしい声で叱責しながら、敦子はなおもしくしくと泣いている園児の手を引いて、園舎へ戻る。外の水道で土を洗い流してやり、傷口を消毒するあいだも、園児は泣き続けていた。

去年の春に大阪府外の保育園から転入してきた、この柳瀬希望くんという園児が、敦子はどうも好きではなかった。他人同士の話に耳をそばだてるような、大人の行動をじっと観察するような、そういういやらしいところがある。アケミ先生たちが「希望くんはどことなくふしぎな色気がある、将来きっと女の子にモテモテやね」なんて話していたことでよけいに嫌悪感が募った。

大人から「色気」なんて言葉を引き出すなんて不潔だ。そう、不潔なのだ。子どもらしくない子どもはおしなべて不潔で、気持ちが悪い。

もしかしたらこの子はわざと泣いてるのではないだろうかという疑念も浮かぶ。敦子のエプロンのポケットにはいつもちいさな瓶が入っている。檸檬ドロップと呼んでいるが、ただの飴ではなく、ビタミンC配合の健康食品だ。なにかお手伝いをしてくれた子や、特別にがんばった子、あるいはお友だちにぶたれて泣いている子なんかに、こっそり食べさせてあげることにしていた。

もちろん毎回「ないしょよ」と釘を刺しているのだが、なにしろ子どもだからうっかり喋ってしまうことだってあるだろう。希望くんはそのことを誰かに聞いて、わざとおおげさに泣いて檸檬ドロップをもらおうとしているに違いなかった。

なんていやらしい子なんだろうと思ったら、全身の皮膚が粟立った。両腕をさすりながら「あなたには、あげませんよ、ぜったいに」と睨みつけてやる。

涙に濡れた子どものまつ毛が持ち上がって、かすかに震えた。どうしてなの、と問うかのように。

……さん。お母さん。お母さんってば。耳元で喚かれて、敦子の眉間に皺が寄る。

昔の夢を見ていた。ポンポンみたいなシロツメクサの花。檸檬ドロップ。

「お昼寝するならベッドに行きましょう」

縁側に置いた椅子に座って目を閉じているうちに、ついうとうと眠りこんでしまったようだった。

顔をのぞきこんでいる女の名前が、どうしても思い出せない。数年前から、この家には「ヘルパーさん」と呼ばれる女たちが出入りするようになった。女たちは敦子のことをお母さんと呼ぶ。名前も顔もとうてい覚えられない。みんな同じように見える。

空の高いところにはひつじ雲が浮かんで、落ち葉が庭に黄色と赤の模様を描いている。

庭をはさんで敷地内に建てられていた園舎は、今はもうない。十年以上前に敦子に肺の病気が見つかり、実花子に代替わりしてまもなく、閉園が決まった。自分と違って人望のない実花子には保育園の経営は難しかったのだろうと、敦子はつくづく情けなくなった。

園舎を取り壊した跡にはこぢんまりしたアパートが建てられた。不動産収入でちまちまと糊口をしのごうという考えかたは、いかにも娘らしい。

口もとに丸めたティッシュが押し当てられる。乱暴にこすられた肌がひりつく。いたいと訴える敦子に向かって、女が肩をすくめる。

「よだれ出てたから」

手にしているティッシュを、なんだかきたないものみたいに急いでゴミ箱に放った。

ざっしゅ、ざっしゅ。音がする。枯葉まじりの土を踏む音。年をとっても、耳だけはしっかりしている。足音がひとりのものではないこともちゃんと聞き分けられる。

ほっそりとした体形の若い男、そのあとに小柄な女が続いて、庭に姿を現す。

「武流」

呼びかけたら、息子はこっちを見た。すこしだけ、困ったように眉を下げる。

「おかげんはいかがですか?」

どうしてそんな他人みたいな言葉遣いをするのだろう。敦子が答える前に、敦子の隣にいる女が「だいじょうぶよ」と勝手に答えてしまった。

「そうですか、よかった」

ふんわりとやわらかく微笑んで、武流はアパートに入っていく。後ろを歩いていた女も。

あれは誰やったのかしら。もしかして、武流のお嫁さんやろか。

記憶にも目のように老眼というものがあるのか、遠くのものはよく見えるのに、手元にあるものは見えづらい。

今の今まで見えていたのに、次の瞬間とつぜん見えなくなってしまうものもある。今日が何日か。何曜日か。さっきも言ったでしょ、と誰かに怒られてはじめて、自分はついさっきも同じことを問うたのだと知る。

「あの人は柳瀬さんや。柳瀬希望さん」

ガムを吐き捨てるように言い放った女を見上げる。ヤナセノゾム。なんでそんな名前で呼ぶんだろう。あの子は武流なのに。やさしい笑顔も、母の体調を気遣う繊細さも、息子以外の何者でもないのに。

敦子を見下ろしていた女の眉根がきつく寄るのを見て、唐突に理解する。この女は「ヘルパーさん」ではない。実花子だ。

目の前に、湯気の立つカレーライスの皿がどんと置かれる。

カレーライスひと皿だけだ。つけあわせは用意されていないらしい。実花子は手のこんだ夕飯をつくらない。すぐに手抜きをしたがる。敦子が子どもたちを育てていたころにはカレーライスの献立の時にはちゃんとスープやサラダも用意していたものだった。カレーの献立の日はたんぱく質が不足するから、サラダにゆで卵を添えて。栄養バランスに気を配るのは母親のつとめだ。

自分の結婚相手は、自分で選ぶから。

敦子が選んだ見合いの話を一蹴した実花子は、「自分で選んだ」男のもとに嫁ぎ、十年も経たぬうちに離婚して帰ってきた。実花子の夫の浮気相手に子どもができた、というのが理由だった。

「せやから言うたのに」

離婚する、と涙をこぼしている実花子にそう言ってやった。娘の人生の失敗に落胆するいっぽうで奇妙に満たされていた。やはり自分のほうが正しかったと証明されたのだから。

せやから言うたのに、と口にすると満たされるが、すぐに空っぽになる。だから何度も言う。せやから言うたのに、お母さん言うたのに。親である自分は正しくて、あなたはいつだって間違っているのだと、繰り返し教えてやりたかった。

そもそも実花子が家に連れてきた時からたいした男ではないと踏んでいた。あんな男はやめておけと何度も忠告したのに。

武流は実花子と違って、順調な人生を歩んだ。あの子は実花子みたいに親に反発するということがなかったから、当然の結果だろう。大学選びの時も「お母さん、どうすればいいと思う？」とまっさきに敦子の助言を求め、敦子がすすめたとおりに公務員になった。

　東京で就職した武流がどういった経緯でこっちに戻ってきたのか、いつお嫁さんをもらったのか、そのあたりの記憶がぼんやりしている。

　歳をとるっていやだ。ため息をついてスプーンを置くと、なため前に座っていた実花子が片眉を上げた。

「ごちそうさま？」

　よく思い出せないけれども、武流はきっとわたしのためにこっちに戻ってきてくれたのだろうということはわかる。昔から母親思いの良い子だったから。

「武流のところは、子どもはまだなんやねえ」

　実花子は自分のカレーライスの皿を持って立ち上がる。まだ半分以上残っているというのに乱暴な手つきで、皿のなかみをゴミ箱にぶちまけた。

「子どもはおったほうがええわ。実花子もそう思うやろ……あんたもひとりぐらい産んどいたらよかったんや、そしたらあんな……」

　あんなふうに三下り半をつきつけられることもなかった。敦子のその言葉が聞こえているのかいないのか、実花子はこちらに背を向けたままなにも言わない。

「武流は結婚して何年になる？　いっぺんお嫁さんを病院に連れていったほうがええ

と思うわ。武流はやさしい子やからお嫁さんにそんなことよう言わんのかもしれへんけど、それやったらわたしが……」

実花子が振り返った。頬が赤く染まっている。

「武流、武流ってうるさいわ」

うるさい、うるさい。鋭い叫びとともに、平手が幾度も振り下ろされる。いたい、いたい、と喚きながら、敦子もめちゃくちゃに手を振りまわして抵抗した。

出戻ってきた娘はあろうことか、母である敦子に暴力をふるうような女になった。

「あんたひがんでるんやろ、弟のこと。お姉ちゃんのくせにみっともない」

武流、武流。泣きながら、息子の名を呼ぶのに返事がない。出かけているのだろうか。母がこんな目に遭わされているというのに。助けにきてくれないなんておかしい。

「武流はここにはいません」

いません、と叫んだ実花子は顔を覆い、くぐもった泣き声を漏らす。

「ごめんなさいね、母のこと」

夜中に目が覚めた時、実花子がそう言う声が、隣の部屋から聞こえた。数年前から、敦子の寝室は居間の隣の和室になった。以前は二階だったが、トイレが近くなり階段をのぼり下りするのがむずかしくなって、ここに移された。

襖（ふすま）の隙間（すきま）から、あかりが漏れている。

「だいじょうぶですよ」

男の声がこたえる。こんな時間にこの家に誰か男がいるとしたら武流以外に考えられないのに、実花子はさかんに「希望くん」と呼びかけている。

「母は最近ますますいろんなことがわからなくなってるから。あなたのことも武流やと思ってるのよ」

はあ、と実花子が息を吐く。

「僕はかまいません」

「こっちはかまうのよ」

ふたりの会話は絶え間なく続く。最初はぼそぼそ喋っていたが、次第に笑い声が混じりだした。

「もう一年以上経つね。あなたたちが入居して」

「ええ」

でもびっくりしたわ、と言う実花子の声が心なしか華やいでいるようだ。敦子に接する時にはいつも不機嫌そうにしているくせに。

「不動産屋さんからのばらアパートに入居希望のご夫婦がおるっていう連絡があって。それが希望くんなんやもん。もー、ほんまにびっくりした」

「いや、僕は実花子先生が僕を覚えてくれていたことのほうがびっくりしました」

「覚えてるよ。希望くんは、印象的な子やったから」

柳瀬希望のことは、敦子も覚えている。たしかに印象的な子だった。悪い意味で。

室内遊びをしている時、ふと気づくと柳瀬希望の姿が消えていたことがある。エミちゃんという女児も一緒に。

廊下のつきあたりに、彼らはいた。夕方のことで、すでに廊下は薄暗かった。エミちゃんは柳瀬希望の耳に両手をぴったりとつけてなにごとかを囁(ささや)いており、柳瀬希望は神妙な顔で頷(うなず)いていた。

いやらしい。子どものくせにこそこそと人目を盗んで、いったいなにをしてるの？

エミちゃんが廊下で立ちつくしている敦子に気づいた。目をすがめるようにして唇の端を持ち上げるエミちゃんの姿が、あの女の顔と二重写しになった。

「なにしてんの、こんなところで」

ふたりのあいだに割って入った。喉(のど)の奥がカッと熱くなって、思ったより大きな声が出た。

「なにを話しとったん？」

　敦子が問うと、柳瀬希望はきっぱりと首を振った。

「言えない」

　柳瀬希望の言葉遣いはこのあたりの子どもとはまるで違っていて、それがよけいに敦子をいらだたせた。

「なんで言われへんの？」

「ないしょって言われたから、言えない」

　有無を言わせぬ口調だった。下を向いてくすくす笑いだしたエミちゃんの表情にぞっとした。たった五歳でもう女の顔をしている。けがらわしい。けがらわしい。気づくと、手を振り上げていた。

「お父さんの仕事の都合」でやってきた柳瀬希望は一年も経たぬうちに、また転園した。同じく「お父さんの仕事の都合」で。

　汚れたふきんをゴミ箱に放りこんだようにすっきりした。もう二度と、あのけがらわしい子どもの顔を見ずに済む。

　もう二度と。

「のばら保育園、いつ閉園したんでしたっけ」

「もう、何年も前よ。このあたり、だいぶ子どもも減ったしね」

襖の向こうからまた声が聞こえてくる。あれが柳瀬希望だというのか。うちの敷地内のアパートに住んでいて、そうしてこんな夜中にちゃっかりうちの居間に上がりこんでいるというのか。実花子は柳瀬希望にお茶をふるまっているのだろうか。もしかしたらお酒かもしれない。敦子の心はうすい怒りの膜で覆われる。ここはわたしの家なのに。

「このお菓子、おいしいわ」

「そうですか、くみ子が買ってきたんです」

会話が途切れる。しばしの沈黙のあとに、実花子が「くみ子さんも、来たらよかったのにね」と呟いた。くみ子。いったい誰なのだろう。

「……くみ子は、あんまり、人付き合いが得意じゃないみたいで」

「そう。恥ずかしがりなんやね。希望くんの奥さまは」

また沈黙。聞き耳を立てるのに疲れて、敦子は目を閉じる。

「実花子先生」

暗闇の中で、敦子はふたたび目を開く。

「くみ子と僕は、ほんとうは夫婦ではないんです」

ホントウハフウフデハナイ。意味がわからないままその言葉を反芻して確かめる。襖の向こうの実花子が「知ってる」と答えた。

「そうなんちゃうかなと思ってた。なんとなく」

「黙ってて、すみません」

「ええのよ」

誰にでも、事情はあるんやから。そんなふうに言う実花子の声はやけにやさしく、母親に向かって手を上げる女とは別人のようだ。

夫の愛人の住むアパートに訪ねていったことが、一度だけある。武流が二歳になったばかりの頃だった。そのすこし前から、夫はもうほとんど家に帰らなくなっていた。

アパートのドアを開けた女は、敦子を見るなりおびえたように口をアルファベットのOのかたちに開いた。その顔がほんとうに不細工で、あんな状況でなければ大笑いしていただろう。

あたふたしている女を押しのけて、靴も脱がずに部屋に入った。台所の流し台にプラスチックのコップがふたつ並んでいた。ピンクと水色の、いかにも安っぽいデザインのもの。台所のテーブルには買い置きらしきカップ麺（めん）がうずたかく積まれ、その隣の食パンの袋は口が開いたままだった。

女は部屋着なのか、ずるずるしたワンピースを着ていた。髪を茶色く染めているが、根元は黒い。夫はこんなだらしない部屋に通っているのだと思ったら頭にカッと血がのぼって、いきおいよくテーブルの上のものをなぎ払った。コップを床に叩（たた）きつけ、皿を何枚も割り、ハンガーにかかっていた夫の服をはぎ取り、むちのようにふるって女の身体を打った。女はひたすら身を縮めて「ごめんなさい、ごめんなさい」と叫んでいたが、敦子は部屋を出るまで一切口をきかなかった。

けがらわしい。けがらわしい。喋ったら不潔がうつる。

不潔な女と、夫はそれでもなお別れることはなかった。

「あんなことは二度とせんといてくれ」と敦子を責めさえした。

「お前、ちょっとおかしいぞ」

なんにも悪いことはしていない。それなのに自分ばかりが我慢させられて、自分ばかりが責められる。

「父はよそに女の人をつくって、ずっと前からもうこの家には帰って来てない」

実花子の話は続いている。

「今もその女の人と暮らしてる」

「でも離婚はなさらなかったんですね」

男の声がそう答えている。あれは誰だろう。さっきまで知っていたような気がするのに、もうわからなくなってしまった。

「そう。母が拒否してるから。世間体が悪いとか、そういうことを気にしてるんやと思うけど。でももうご近所の人たちみんな知ってる。母だけが隠しとおせてると思ってる」

お父さんのこと、ずっとうらやましかった、と実花子は続ける。

「どうしてですか？」

「夫婦はいつだって他人に戻れる。でも親子は違う。血が繋がってるから」

娘は夫の味方だった。「たしかにお父さんはよくないことをしてるけど、お母さんにも悪いとこはあるんちゃうの」と敦子を責めるような言葉を口にしたことさえある。娘のくせに母親の心情を慮ることすらできないのか、同じ女でありながらなんと薄情なことかと、あの時は悔し涙がとまらなかった。

敦子の味方は武流だけだった。素直でやさしい、かわいい武流。

中学に入った頃から、ときどき家に女子からの電話がかかってくるようになった。

「武流は、今寝ていますので」

「武流は、勉強中ですので」

いつもそう言って、取り次がずに電話を切った。不潔な生きものを武流に近づけてはならない。守ってやらなければならない。それが母親たる自分の役目だ。高校生になってからは携帯電話を欲しがるようになったが、それだけはぜったいに許さなかった。

世界は、けがらわしいもので満ちている。

いちど、武流の学習机の抽斗（ひきだし）からいやらしい本を発見したことがあった。よほど動揺していたのか、敦子は自分がその時どんなふうに武流を呼びつけ、どんな言葉でお説教をしたのかよく覚えていない。

気がつくと、びりびりに破かれた本が床に散乱していた。武流が床に両手をついて、ごめんなさいごめんなさいと叫んでいた。その後の光景は鮮明に記憶している。散らばった、肌色や黒や赤の紙切れのうえに涙がぼたぼたと落ちていて、そのことで敦子はどうにか落ちつきを取り戻した。

「……どうせ悪いお友だちに影響されたんやろ」

なあ武流、そうやろ？　呼吸を整えてからやさしく問いかけると、武流はがくがくと頷いて、幾人かの友人の名を口にした。あいつらに無理やり押しつけられて預かってただけなんや、と正直に告白してくれた。

武流の友人の連絡先はすべて把握していたから、すぐに相手の親に電話をかけ、「これ以上息子とかかわらないでくれ」と伝え、相手がなにか答える前に叩き切った。

大切に育てた息子は、敦子の思惑どおりにやさしく清く正しく育った。老いた母を心配して家に戻ってきてくれるような、やさしい息子に。

「ミカコセンセイが、ぜんぶ背負う必要はないんじゃないですか」

「背負う、なんて立派なことではないの。そうね……母への復讐に近いかもしれない」

「復讐、ですか」

襖の向こうで知らない男女が喋っている。あの人たち、誰？　そう思った瞬間、大声で叫び出していた。喉の奥から迸った悲鳴の鋭さに、むしろ敦子自身が驚いた。驚いたけれども、悲鳴はとめられなかった。わけがわからないまま叫び続けた。襖が勢いよく開かれ、まぶしさにぎゅっと目をつぶる。

「どうしたの！」

ぎゃああ、ぎゃああ、という自分の声を、他人のもののように聞く。口がとじられない。声を出すたび喉の奥がびりびり痛む。ベッドから出ようともがく敦子を女が押さえつける。腕をめちゃくちゃにふりまわしたらサイドボードのコップやナイトランプに当たった。手の甲が鈍く痛む。コップや老眼鏡が床に落ちて不快な音を立てる。

女から頬をはたかれた。ばちんと音がするほど、勢いよく。

「静かにして！」

静かにしてと叫ぶ女の声のほうが、ずっと大きくて尖っている。頬がじんとしびれて、うまく口が開けられない。

こわい。こわい。だれかたすけて。

「武流！」

なんとか声をふりしぼって、息子の名を呼んだ。

「武流！　たすけて！」

ふたたび振り上げられた女の手を、背後から誰かが摑(つか)んだ。女よりずっと背が高い。顔は良く見えない。でもぜったいにあの子だ。武流、武流、と涙ながらに呼びかけると、息子はさっと敦子の両手をつかんだ。

「ここにいますよ」

大きな手が、敦子の背中をさする。お母さん何にも悪いことしてへんのに、それやのに、なんでこんなこわいめにあうの、ねえ、と子どものようにしゃくりあげた。

「だいじょうぶです。もうだいじょうぶ。寝ましょう」

武流はやさしい声で繰り返す。息子の手が触れたところからぬくもりが伝わって、すこしずつ敦子の恐怖を溶かしていく。

武流がおさない頃、よくこうやって背中をさすってやっていた。そうするとよく眠れると言っていた。どうかすると中学生になっても武流は敦子の布団にもぐりこんでくることがあった。布団の中で身体を丸める武流の背中を「赤ちゃんみたいやねえ」と笑いながら、いつまでもさすってやった。

今では武流がお母さんの背中をさすってくれるんやねえ、と言おうとしたが声にならなかった。そのままゆっくりと目を閉じて、敦子は眠りに落ちた。あたたかい湯に身体をひたすような、ほろほろと身体がほぐれていくような眠りだった。

小平実花子の話と檸檬ドロップ

落ち葉の溜まったこの庭は、かつてはのばら保育園の園庭だった。夏には大きなビニールプールを出して、子どもらを遊ばせた。秋には焼き芋。冬は餅つき。お父さんの仕事の都合で転入してきた柳瀬希望くんは、実花子にとってはとりわけ印象深い子どもだった。

整った目鼻立ち。静謐、と表現したくなるような雰囲気すらまとっていた。幼児に静謐をやられたら、大人はちょっとかなわない。めったなことでは大きな声を出さないし、泣くことも少ない。陰気だというのとも違う。

もともと「子どもらしい」とか「子どもらしくない」という表現が実花子は好きではなかった。彼らは単にまだ生きてきた年数の少ない人間であって、子どもなら軒並み素直であるとか、元気でなければならないとか、そんなふうに決めつけるのは乱暴だ。ひとりひとり違っているのに。

ただ、じっと見つめられるとなにもかも悟られてしまいそうで、希望くんのことがちょっとこわいと思うこともあった。透かし見られては困るような感情を、実花子はたくさん抱えていたから。

あの頃も、今も。

希望くんとくみ子さんが、庭の落ち葉をほうきでかきあつめている。実花子はそれを縁側で見ている。あのふたりはいつも、ほとんど言葉を交わさない。しずかに、つかず離れずの距離を保って、一緒にいる。

ここに来る前に、希望くんがどこでなにをしていたか、実花子は知らない。このあいだ、くみ子さんは妻ではないと言っていた。ここに来た時からなにかわけありの様子だったが穿鑿(せんさく)はしなかった。かつての園児がどのような人生を歩んでいるかなど、すべて聞かせてもらう必要はない。

今、元気で生活できているのであれば、もうそれでいい。

くみ子さんが希望くんの髪にひっかかっていた落ち葉をとってあげている。みじかく言葉を交わして、同時に笑い声を上げた。

一年と数か月前に、彼らはここに来た。来たばかりの頃のくみ子さんは顔色が悪くて、太っているというほどではないけど、なんというか不健康にたるんでいた。髪もぼさぼさで、化粧っけもなく、そのくせ肌は荒れて、ところどころ白く粉を吹いたり、吹き出ものをこしらえたりしていた。なんでまたこんな冴えない女の人と一緒になったんやろ、と驚いたぐらいだ。

対する希望くんは、「静謐」のまま大人になっていた。

ふたりは今それぞれ、近くの工場とコンビニでアルバイトをしている。働きはじめてから、くみ子さんはすこしずつ変わっていった。劇的に変化したわけではない。何度も洗ううちにまとわりついた汚れやくすみが落ちていくように、明るく透明になっていった。

ベッドで寝ていた母が、なにごとかを言ったような気がした。立ち上がって、顔をのぞきこむ。

唇がむにゃむにゃと動く。ただの寝言のようだ。

夜中に暴れて以来、母は以前にも増して眠りこむことが多くなった。起きている時も、目の焦点が合わなかったり、受け答えが曖昧だったりする。

ほうきを持ったまま、希望くんがこちらに向かって歩いてきた。

「おつかれさま。ありがとうね」

「お世話になってますから」

そう言ってから、希望くんがかるく咳きこんだ。風邪でも引いたのかもしれない。そういえばすこし声が掠れているようだ。

「ちょっと待ってね」

台所に立ち、お茶を淹れて戻ってくると、くみ子さんはもういなかった。希望くんが「部屋に戻ってしまいました」と肩をすくめる。

「あら、そう」

紅茶碗が三つならんだ盆に視線を落とした。せっかく用意したのに。

「僕が二杯もらいます」

すこし考えて、ポケットから取り出した檸檬ドロップを紅茶に入れる。

「風邪で喉が痛い時、こうやって飲むとよう効くの。母から教わったんやけどね」

希望くんはすこし目を細めるようにして、紅茶碗に息をふきかける。

「大嫌いな人に教えられたことでも、いっぺん習慣になってしまったことはやめるのが難しいわ」

「教わった内容が有益なものなら、べつにやめなくてもいいと思いますよ」

希望くんの笑いかたは独特だ。はかなく。あるかなきかのごとく。そよ風が吹いたかのように。ぴったりの言葉が見つからない。微笑(ほほえ)んだ、と気づいた瞬間にはもう消えている。

「嫌いな人でも、良い助言をくれることはあります」

掃き清められた庭に視線を固定したまま、希望くんがそう言うのを聞いていた。

「悪い人も良いことをする時はあるし、良い人の頭の中にもずるい考えはあるし、強い人も傷つくし、弱い人がその弱さを盾に他人を攻撃することもあります」

違いますか？　希望くんの顔が傾いて、実花子と視線が合う。

「それはそうかもしれんけど」

実花子にはわからない。

母が嫌いだ。大嫌いだ。でもそんなふうに感じる自分はきっと心がおそろしく狭量な人間なのだと思いながら今日まで生きてきた。

母が園児たちのことを「かわいそうな子ども」と決めつけるのが嫌だった。母親が働いている子はかわいそうだとか、そんなことを言えてしまう感性が信じられなかった。

じゃあどうして一緒に暮らしているのか。そんなに嫌いなら離れればいいのに、と頭の中で誰かが実花子を嗤(わら)う。それもできないくせに、文句ばかり並べたてて、と。

まとまらない感情のあれやこれやを、なぜか希望くんにだけは話すことができる。「好きだから一緒にいるとか、嫌いだから離れるとか、そんなにシンプルな理屈で片付けられるものじゃないでしょう」

「そう思う?」

そうですよ、と力強く頷(うなず)いてくれる希望くんに、実花子はさらに言葉を継ぐ。

「他人に『お母さんをほっとけないあなたは、やっぱり心の底ではお母さんのことが好きなのよね』なんて良いお話みたいにまとめられるのが嫌でしかたなくて」

それらはかつて「共働きの家庭の子はかわいそうだ」と言い切った母と同様、思慮の浅い発言だ。そんな単純な問題ではないのに。

「好き合っていなくても、一緒に暮らしている人たちなんてたくさんいると思いますけどね」

希望くんがなんでもないことのように口にした、その言葉が実花子にはすこしひっかかった。あなたとくみ子さんのことやないやろうね? と軽口を叩(たた)こうとして、喉がつかえた。希望くんの眉根(まゆね)がふっと寄るのを目にしたから。

「……とにかく、私は『良い娘』ではないってこと」

良い娘でなくても僕は実花子先生が好きでしたよ、とさらりと口にする横顔を盗み見る。

「昔から好きな先生でした。子ども相手に子どもだましの手段をつかわないところとか」

だからまた会えてうれしかった、と続けて、紅茶をひとくち飲んだ。

好きでした。うれしかった。過去形なんやね、という言葉はやはり喉でつかえてしまう。

「ここ、出ていくの？」

希望くんが目を伏せる。まさか、ではなく、やはり、だった。ちゃんとわかっていた。希望くんが発するやさしさのようなものは、期間限定のもの。実花子の母に対する仕打ちを黙認するのも、母の前で武流のふりをしてくれるのも、深くかかわる必要のない他人だからだ。

壊れやすい陶器をそっとあつかう。それとおなじだ。やさしさではなく、慎重さ。紅茶碗をそっと受け皿に置く希望くんの手つきを見て確信する。

けれども、ありがたい。親だから、子だから、という暴力に縛られながら今までやってきた。愛情は暴力とおなじだ。すくなくとも実花子にとっては。

希望くんはじっと黙ったまま足元に視線を落としている。

「来月から、母を施設に預けるのよ」

これ以上一緒にいたら、母を殺してしまう。

おかしなことを言い出すたび、言うことを聞かなくなるたび、実花子は母を叩いた。蹴(け)ったこともあった。太腿(ふともも)や背中にあざが残るほど。

かつて母が、実花子や武流にそうしたように。

「息子さんが会いに来てくれるといいですね」

実花子は返事をしなかった。

二年前、武流は事件を起こして逮捕された。罪状は強制わいせつ罪。

「お母さんのせいや」

面会に行った母に対して、弟は何度もそう喚(わめ)いたという。お母さんのせいや、お母さんのせいで俺は女の人とふつうにつきあう方法がわからへんようになったんや、ぜんぶお母さんが悪いんやと。

年の離れた弟は、昔から小狡(こずる)いところがあった。都合が悪くなるとすぐ嘘泣(うそな)きして、人のせいにする。

「でも誰かのせいなんて言うてるうちはだめやろうね。あの子も、私も」

母の記憶からは弟が起こした事件のことはすっぽり抜け落ちているらしい。それだけではなく、自分が子どもらにしたことも、すべて。都合の悪いことはぜんぶ他人のせい。武流は天使みたいな良い子。すっかりきれいな色に塗り替えられている。記憶とは、そんなにも都合の良いものなのだろうか。ずるい。ときどき、そう思わずにはいられない。ずるいわ、お母さん。

「ねえ、実花子先生」

背後から声がした。いつのまにか目を覚ましていたらしい母が、ゆらりとベッドから起き上がる。

「そろそろお昼寝の時間でしょう。子どもたちを呼んでこないと」

もうここには子どもたちはいません、と言おうとしたが声が出なかった。息が苦しくなって、ただぜいぜいという音が自分の喉から漏れるのを聞く。

わたしのかわいい子どもたち。胸の前で手を組んで母が言うたびに願っていた。どうか、そこに私も含まれていますように。母なんか大嫌いだったのにやっぱりそう願わずにいられなかった。願ったあとはますます自分が嫌いになった。

「だいじょうぶ」

声が震えそうになって、ちいさく咳払いをする。

「だいじょうぶですよ、園長先生。子どもたちのことはまかせてください」

「そう？」

邪気のない、と言ってもいいほどの笑顔を母が浮かべる。

「ええ、だから園長先生はゆっくりおやすみになってくださいね」

母がふたたびベッドに横たわる。

急に力が抜けるのを感じて、実花子は縁側にへたりこんだ。頭と手足が重怠くてうつむいたら、希望くんがのぞきこんでくる。

「実花子先生、泣いてるんですか」

「……あなたはやっぱり、子どもの頃とちっとも変わらへんのねえ」

笑おうとしたはずなのに、ずっとこらえていた涙が溢れ出た。

泣いてるの？　相手が子どもでも大人でも、いつもそんなふうに訊ねていた希望くん。

泣かないで、とは言わないのだ。声を殺して泣く実花子の隣でしずかに庭を眺めている。親子ってほんまに不自由ね。くぐもった声で呟くと希望くんがゆっくりと口を開く。

「実花子先生はこれからもっと、自由になれる人ですよ」

そうやろか、と問う自分の声は、存外軽かった。涙とともにさまざまなものが流れ出た身体もまた、すこし軽くなった気がする。

「そうです。そう思いますよ。紅茶、ごちそうさまでした」

頭を下げると、前髪がぱらりとこぼれ落ちて白い額にかかる。希望くんの背中がゆっくりと遠ざかり、やがてアパートの扉の内側に消えていくまで、まばたきをこらえた。一瞬たりとも見逃してはならない気がした。けれどもいつか自分も年老いて、母のようにすべて忘れてしまうのだろうか。今見た、この光景すらも。

いつのまにか陽が傾きはじめていた。西陽が紅茶碗の中で溶けずに残っていた檸檬ドロップのかけらを宝石のように輝かせ、実花子の目をするどく射た。泣きはらした重たい瞼を、ゆっくりと伏せる。

柳瀬誠実と弟の話　5

正直なところ、そこまで期待していたわけではなかった。高遠のことだ。だから「弟さん、見つかりました」という連絡を受けた時、驚いてしばらく返事ができなかった。

ショッピングモールのフードコートで顔を合わせてから四か月近く経(た)っていた。その間、三度ほど電話を受けてさまざまな質問に答えたが、高遠は捜索がどの程度まで進んでいるかについてはまったく教えてくれなかったからだ。

たとえ希望が見つからなくても、自分が弟を見つけようとしたという事実が生まれただけでもう充分だという気もしていた。兄としてできるだけのことはした、という言い訳になる。

なにか言い訳を用意する癖がついている。誰に対して、どんな状況でする言い訳なのかもよくわからないまま。

「弟さん、見つかりました。大阪にいましたよ」

希望の勤めていた会社の総務に連絡して、退職願が送られてきた封筒の消印を確認するのにすこし手こずったという。消印の地名の町に赴き、希望と重田くみ子の写真を手に希望を捜索したが、見つからなかった。

昔住んでいた大阪の住所を誠実に電話で訊ねてきたのが先月のことだった。さすがに住所までは覚えていなかったが、通っていた小学校の名前は憶えていた。

小学校の学区をしらみつぶしに捜したのだという。調査報告書は会社宛てに送ってもらった。

高遠の報告書によると、希望はかつて家族で暮らした大阪郊外の町で重田くみ子と生活していた。希望は機械部品の組立工場で、重田くみ子は近隣のコンビニで働いている。

誠実はこの町の小学校に通っていたはずなのだが、写真の風景を見ても当時のことはあまり思い出せない。再開発やらなんやらで変わってしまっている可能性もあるが。

ふたりが住むアパートはもとは保育園があった場所だったらしく、もしかしたら希望はそこに通っていたのではないかと書かれている。

写真は十枚ほど添付されていた。工場に出勤する希望や、重田くみ子とともにスーパーマーケットから買い物袋を提げて出てくる姿が撮影されている。ずいぶん離れたところから撮られたその写真をどれほど目を凝らして眺めてみても、現在の希望が不幸なのか幸福なのか、判断がつきかねる。

「弟さんに会いにいくんですか」

高遠からそう問われた時は、わかりません、と答えた。事実、わからなかった。希望は会いにきてほしいのかほしくないのか、自分は希望に会いたいのか会いたくないのか。

嘘（うそ）をついたわけではない、と思いながら、誠実は新幹線のシートに身体（からだ）を預ける。今朝になって急に、行ってみようという気になったのだ。

新大阪行きの『のぞみ』が、けたたましいベルの音とともにゆっくりと動き出した。深く考えもせずに二人掛けのシートの窓側を予約したことを、隣に図体のでかい男が座った今になって後悔しはじめている。

希望が新しい生活を望み、手に入れたというなら邪魔する気はない。でも一度だけ、会って話をしておきたい。兄と弟として。生まれてはじめてそう思った気がする。弟を、希望のことを、ちゃんと知りたい。

新大阪から在来線に乗り換えて、高遠から聞いたアパートの最寄り駅まで行き、そこから先はタクシーをつかった。いまにも雨が降り出しそうに灰色の雲がたちこめている。希望がいなくなってからもう一年以上経っているのだとあらためて思ったが、あまり実感は伴わなかった。

「こっちにはお仕事かなんかで？」

運転手がバックミラー越しに誠実の様子をうかがっているのがわかった。住所を読みあげる発音で、このあたりの人間ではないと思われたのか。ええ、ちょっと、と言ってから言葉が続かなくなった。運転手はそれ以上質問を重ねることなく、視線を前方に戻した。

「ここですね。のばらアパート」

タクシーがゆっくりと停まる。のばら保育園の跡地につくったから単純にのばらアパートなのか、なにか野薔薇（のばら）に思い入れでもあるのか、とどうでもいいことを考えながら運転手に一万円札を渡し、釣りを待つ。小銭を受けとる自分の手のひらがじっとりと汗ばんでいることに気がついた。どうでもいいことをあえて考え続けるのは、緊張をごまかすためだったことに気づく。

アパートを訪ねるには、母屋（おもや）の庭を横切らなければならないつくりになっているらしい。自分の足が落ち葉を踏みつけるがさがさした音を聞きながら入っていくと、母屋の縁側に女が座っていた。誠実に気づいて、かすかに首を傾(かし)げる。

「こんにちは」

目が合ってしまったら挨拶(あいさつ)をしないわけにもいくまい。大家らしきその女は、黙ったまま会釈(えしゃく)で応じた。

一〇二号室のドアの前で、呼吸を整える。チャイムを押したが、反応がない。

背後で「あのう」と声がして、飛び上がりそうになる。いつのまにか女がすぐ後ろに立っていた。目が合うと一歩後ずさりする。表情に隠しきれない警戒の色が滲(にじ)んでいた。

「なにか御用?」

「あの、私は柳瀬希望の兄です」

希望くんの、と呟(つぶや)いた女は「おずおず」と音がしそうな態度で続けた。

「……希望くんたちは、もうここにはいませんよ」

「えっ」

一昨日(おととい)、ここを出ていったんです。そう言って女がドアノブに手をかけた。空っぽの部屋を目にして、膝(ひざ)から力が抜けるのがわかった。ちょっとあなただいじょうぶ?

という女の声ははるか彼方から聞こえてくるようだ。

「まあ、立ち話もなんやし」

誠実を母屋の縁側まで引っ張っていった女は、小平実花子と名乗った。ここがのばら保育園だった頃たしかに希望は園児として通っていたのだが、再会したのは偶然らしい。

小平実花子は不動産屋に連れて来られた希望を見た時すぐにわかったことや、希望もまた自分をおぼえていて驚いたことなどを、誠実から訊ねられるまま楽しそうに話してくれた。

「卒園した園児のことをみんな覚えているんですか」

「みんなではないわ。でも、希望くんは印象的な子やったから」

「印象的な子、ですか？」

どう印象的だったのか具体的に教えてほしかったのだが、小平実花子は曖昧に微笑んで紅茶碗に口をつけただけだった。なにげなしに振り返ると、畳の部屋に空のベッドがあった。病院にあるような手すり付きで、この家には介護が必要な老人が「いた」のだとわかった。「いる」のではなく。

「ここを出て、希望がどこに行ったのか知りませんか」

小平実花子はゆっくりと首を振る。

「ここに来た時から希望くんは自分のことはあんまり話してくれんかったし、要するにそれは穿鑿(せんさく)してほしくないってことでしょう。せやから出ていく時も訊(き)かんかったわ」

「ずいぶん……やさしいんですね」

このぶんでは希望が大阪に来た経緯も聞いていないのだろう。もし希望たちが犯罪者だったりしたらどうするつもりだったのか。実際、その可能性はおおいにあったのだ。結果違ったらしいからよかったようなものの。

「誰にでも話したくないことはあるからね」

すでにぬるくなりはじめた紅茶を飲みながら、庭越しに見える一〇二号室のドアを睨(にら)んだ。小平実花子の言う「とても静か」だったという彼らの生活が、誠実にはうまく想像できない。高遠から送られてきた写真を見た時もそうだった。スーパーマーケットで買いものをしている男女を見れば反射的に夫婦か恋人だと誠実は想像するが、写真の希望と重田くみ子はそうではなかった。「ふたり」ですらなかった。彼らはひたすら、ひとりとひとりだった。

「あんまり、ということは、すこしは話もしたんでしょう。なんでもいいから教えてくれませんか。希望とどんな話をしてたんですか、いつも」

「そう言われてもねえ……」

灰色の雲が割れて太陽が姿をのぞかせた。どんよりと薄暗かった庭が微妙にその色合いを変える。隣で眩しそうに眼を細める小平実花子の首のあたりで、銀色の鎖がきらっと光った。

「それ」

きれいですね、と自分の胸をひとさし指で指した。他人の持ちものを誉めるという行為を、いつまでたってもスムーズにこなすことができない。鎖の先では真珠が淡いピンクの光を放っていた。自分の親指のさきほどもある真珠の表面を、小平実花子の指がゆっくりと撫でる。

「何十年も前に買うて、しまいこんでたの。こんなおばちゃんになってからやなくて、もっと若いうちにつけてあげたらよかった」

「大粒の真珠は年齢を重ねた女性にこそ似合うらしいですよ」

十何年も前に真珠養殖場で父の友人が言ったことの受け売りだった。考える前にするっと口から零れ落ちた。小平実花子は一瞬目を大きく見開き、それから笑った。

「希望くんとおんなじこと言うんやね」

「えっ」

「思い出した、真珠の話。希望くんてふしぎな子やねえ。なんでも知ってるような顔して悟ったようなこと言うくせに、あたりまえのことを知らんかったりするんやもん」

いっぺんだけお兄さん、そうあなたのこと、うん、話してたことがあったわ、と小平実花子が胸の前で両手を合わせる。

「聞かせてください」

風が吹いて、庭の枯葉が舞い散る。遠くでどこかの犬が吠えている。けれども誠実の耳にはもう小平実花子の声しか聞こえなくなった。

重田くみ子の話　または箱の中

木漏れ陽と呼ぶにはあまりにも鋭い熱を持った太陽が頭の上に落ちてきて、くみ子は自分がいつのまにか顔をしかめてしまっていることに気づいた。すこし前まで肌寒い日々が続いていたのに、今日はもう半袖（はんそで）でも額に汗が滲（にじ）む。

「だいじょうぶですか」

くみ子の表情の変化に、ベンチに隣り合って腰かけている男が気遣わしげな声を発した。

「もしかして気分が悪いですか？　やっぱり、移動しましょうか」

事前に電話をよこすわけでもなくとつぜん押しかけてきたくせに相手のちょっとした表情の変化にはすぐ気づいて、だいじょうぶですかだいじょうぶですかとおろおろする。鈍感なのか鋭敏なのかわかりかねる。

柳瀬誠実。片手に持った名刺に記された四文字に、ふたたび目を走らせる。くみ子は名刺を交換するような職業についたことがない。受け取った名刺をいったいどう扱えばいいのかわからない。すぐにポケットにしまうことは失礼なのか、ベンチに置いておくほうが失礼なのか、判断がつかない。

「いいえ、ここがいいです」

最初に「喫茶店かどこかでお話を」と言った柳瀬誠実に、くみ子は「どこか、公園のような場所のほうがいいです」と首を横に振ったのだ。面識のない男と向かい合って喋(しゃべ)るのならば、広々とした屋外のほうがよかった。なにかあったらすぐに走って逃げ出すことができるから。

くみ子にとって、男はいつも「なにをするかわからない生きもの」だった。ちょっとしたことで怒り出したり、くみ子の容姿や頭の回転の遅さを嘲笑(ちょうしょう)したり、あるいは容赦なく拳(こぶし)をふるったりする、そういう生きものだと思って接してきた。男はおそろしい。いや女もだ。他人はみんなおそろしい。ただひとりをのぞいては。

うだるような暑さの中、ブランコや砂場で遊ぶ子どもはひとりとしておらず、だからくみ子と柳瀬誠実が座っているベンチの周囲はしんとしている。

ベンチに置いたペットボトルの緑茶がものすごい速度でぬるくなっていく。持ち上げると水滴がぽとぽと落ちてスカートに水玉模様を描いた。

スワロウ製菓。柳瀬誠実。また名刺の文字を目でなぞる。兄が誠実で、弟が希望なのだ。

　くみ子の名は、今は亡き母が考えた。恭美子という字をあてるつもりでいたそうだ。出生届を出す際、父が「くみ子」とひらがなまじりで書いたので、こうなった。生まれてきた不器量な赤ん坊を見て、恭しく美しいなんて名前はふさわしくないと思ったのだそうだ。

　よほどお気に入りのエピソードであったらしく、父はよくその話をする。自分のとっさの機転のおかげでお前は名前負けせずに済んだのだ、とでも言いたげに。

　くみ子の居場所を探し当てるのに探偵に依頼した、と柳瀬誠実は言う。すみません、と頭を下げていてもそこまで悪いと思っていないことは見ていればわかる。

「あなたは、うちの弟とずっと一緒にいたんですよね。一年以上ものあいだ」

　くみ子は答えない。質問と言うより、声に出すことで自分自身に確認しているようにも聞こえたし、探偵に依頼したというなら、あらためて話す必要もないだろう。

「そうしていつのまにか、この町に戻ってきた。あなたひとりだけが」

教えてください。柳瀬誠実の頭がゆっくりと下がる。膝に置かれた両手がかすかに震えている。兄は結婚しています、子どもはいません。柳瀬がいつだったかそう話していたことを思い出す。けれども左手の薬指には指輪が嵌まっていない。もちろん、結婚指輪の装着は既婚者の義務ではないが。

「弟は……希望は、今どこにいるんでしょうか」

下げられた頭のてっぺんあたりの短い毛がのんきそうに風にそよいで揺れている。柳瀬の兄の切実な表情とのギャップに、うっかり笑い出しそうになった。

「知ってどうするんですか」

「……教えるつもりはないということですか？」

「つもり」もなにも、と呟いて、唇の間から細く長い息を漏らした。今どこにいるかなんて、知るわけがない。だって最後に「お元気で」と柳瀬は言ったのだから。お元気で。くみ子さん、どうかお元気で、と。

「お兄さんに居場所を知ってほしければ、弟さんご自身から連絡をされると思います」

知らない、とは言いたくなかった。知っているけど教えないのだと、そう思わせておきたかった。それぐらいの見栄をはっても許されるはずだ。

「じゃあ、せめて、教えてください」

柳瀬の兄の頭が、ふたたび下がる。今度は、膝すれすれに。

「弟は、柳瀬希望という男は、結局のところどんな人間なんでしょう」

ゆっくりと、くみ子は目をそらす。公園のぐるりを取り囲むさまざまな種類の木を一本ずつ眺め、さいごに桜の木に視線をとめた。


ベランダで雀（すずめ）が死んでいた。

それが柳瀬希望と言葉をかわしたきっかけだった。存在はもちろん認識していた。マンション管理組合の理事になった父の代理で出席する理事会に来る、管理会社の人。きれいな顔をしていることも、華奢（きゃしゃ）な見た目に不釣り合いな低く響く声をしていることも、もちろん知っていた。でも、それは自分には関係ないことだと思っていた。すてきな男性だとか、仲良くなりたいとか、はなからそんなことを思わなければ、傷つかずに済む。危険を危険だと認識するよりはやく、脳が対象への興味を遮断する。三十余年も生きていれば、というより、美しくもなく、美しさに代わる「なにか」の持ち合わせもなく生きていれば、何事においても、考えるよりはやく自分が傷つかずにすむ選択ができる。

顔のきれいな男の人ならば、週に五日パートタイムで働いているスーパーマーケットにもいた。くみ子は誰にでもわけへだてなく接するその彼とも、けっして目を合わせないことにしていた。会話も極力、短めに済ませる。

そうじゃないと、他のパートさんたちになにを言われるかわかったものではない。ブスのくせにぽーっとなっちゃって、とかなんとか彼女たちは嗤うから。嗤う対象を見つけることがとてもじょうずだから。

三月にしては暑い日だった。朝からずっと快晴でもう洗濯ものも乾いているだろうとベランダに出たら、ふわふわした茶色いものが落ちているのに気がついた。雀が一羽、そこで死んでいた。

悲鳴を上げそうになったが、なんとかこらえた。振り返ると、ガラス戸の向こうの父は長椅子で口を開けて眠っていた。昔から父は昼寝を邪魔するとひどく怒る。古新聞をひろげた上に雀の死骸をのせて、こっそりマンションの外に出た。

外に出たところで、どうすればいいのかよくわからなかった。ただこれを父の目に触れさせてはならない気がした。自分の父がどんなことで怒り出すか、まるで予想がつかない。でも「いつもと違う」に、とても敏感なことは知っている。父の目に触れる前にどうにかしておきたかった。

雀のちいさな目はかたく閉じられ、身体はくにゃりとやわらかく、ものがなしくなるほど軽い。管理人室に行って、雀のことを相談するつもりだった。マンション内で起こったことはすべて管理人さんに報告しろと父から言い渡されていたから。

それなのに管理人さんはいなかった。掃除でもしているのかとゴミ置き場にまわったが、姿が見えない。あきらめきれずに駐輪場に探しにいったら、そこに「管理会社の人」である、柳瀬が立っていた。スーツの上着の胸元で、ネームプレートの銀色がちかりと光った。

「どうかしましたか」

視線はくみ子の手元に注がれていた。雀が死んでて。うちで飼ってたとかじゃなくて。ベランダでいきなり。とぎれとぎれの要領を得ない説明に静かに頷(うなず)いて、それから目を伏せた。

「埋めてあげましょう」

行きましょう。あたりまえのことのように、柳瀬はくみ子を伴って歩き出す。

「たしかこの近くに、公園がありましたよね」

「はい」

百円ショップで園芸用の移植ゴテを買い、代金は柳瀬が払った。そもそもくみ子は部屋を出てくる時に財布を持ってきていなかったから。

「どうして、うちのベランダで死んでたんでしょう」

公園の桜の木の下の土を掘る柳瀬に問うたが、返事はなかった。誰かに自分の発言を無視されることには慣れていたから、特別傷つきもしなかった。

ややあって柳瀬が「わかりません」と言った時、むしろ驚いたぐらいだ。

「え」

「わかりませんけど、昔、うちの庭で知らない猫が死んでいたことがあります。死に場所としてちょうどよかったのかも」

ちょうどよい死に場所。猫や雀の考えることは、よくわからない。

柳瀬はそっと持ち上げた雀を深く狭く掘られた穴の底に置き、土をかけていく。くみ子が手伝おうとすると、すっと移植ゴテが差し出された。

「手が汚れるので」

手が汚れる、と言った当の柳瀬は、素手で土をかきあつめはじめた。節の部分が太くて、第二関節から甲にいたる部分がはっとするほど長い、そういう指をしていた。

肌はすべすべとなめらかなのに、右手の甲の端に大きな傷跡があって、いったい過去になにがあったのだろうと思った。くみ子の身体には一生残るような傷跡などない。父はいつも素手で殴るだけだから、数日もすれば腫れはひくし、傷も治る。

殴られることには慣れても、不意に怒鳴られることにはいつまでたっても慣れなかった。何時間も正座させられて、くみ子が今までにした愚鈍な失敗を並べ立ててねちねちと責められることにもけっして慣れることはない。どうするつもりだ、どうするつもりだ、と繰り返される言葉は質問ではなく謝罪の要求で、それでも何度「許してください」と懇願しても執拗なお説教は終わらなかった。

一時間も二時間も責められ続けてようやく「お前はもっと努力しろ」という言葉で締められる頃には疲労で頭がぼんやりしてくる。

「供えてあげる花をさがさなきゃ」

くみ子がきょろきょろしていると、柳瀬は立ち上がって、一緒にさがしはじめた。金網の脇に咲いていた名前のわからない白い花を摘んで、掘り返された土の上に置いた。

「他にはなにか、してあげられることはあるでしょうか」

雀に、という意味だったのだろう。くみ子はでも、それを自分に向けられた言葉のように感じた。勘違いするな、うぬぼれるな、と子どもの頃から父に言われ続け、言われなくなってからは自分で自分に言い聞かせてきたというのに、なぜかその時だけ、柳瀬が自分に「なにかしてあげたがっている」と思いこんだ。

じゃあ父を殺してください。考える前に、するりとその言葉が出た。それが自分の望みだったのだと口に出してはじめて知った。でもすぐに我にかえった。耳たぶや首筋がたちまち熱を持つ。恥ずかしい。勘違いするな。うぬぼれるな。

「すみません」

なんでもないんです、と続けようとして声を失った。くみ子の言葉にかぶせるようにして、柳瀬が「いいですよ」と言い放ったから。

もちろん、柳瀬は父を殺していない。くみ子は柳瀬が冗談を言ったのだと思ったし、「いいですよ」と答えたくせに、その後柳瀬はなにごともなかったように移植ゴテを百円ショップの袋に戻して公園の水道で手を洗いはじめた。

「そろそろ、会社に戻りますね」

そう言った柳瀬に、あわてて頭を下げた。この人は、にこりともせずに冗談を言うのだ、と驚きながら。世間では普通のことなのかもしれない。柳瀬のような人たちの暮らす「世間」では。

公園を出て、たがいにすこぶる尋常な態度で「ありがとうございました」「いいえ。ではまた、理事会で」と挨拶(あいさつ)をかわし、二手(ふたて)に分かれた。

けれどもその瞬間から、くみ子の世界は色を変えた。心の奥の誰にも見えない場所に、火がともった。

恋をしたわけではない。そんなことはもうとうの昔にあきらめていた。ただ柳瀬の「いいですよ」という言葉が、日を追うごとにくみ子の中で輝きを増した。もしかしたら、自分はもっと父を憎んでもいいのかもしれない。

火はちいさいのに、心の隅々まであかあかと照らした。これまで見ずに済まそうとしてきたこともぜんぶ。

おさない頃から、父は父だった。

母はくみ子が小学生の時に死んだ。男手ひとつで娘を育ててくれたのだから、くみ子は父に対しておおいに感謝するべきである旨、そして老後の面倒をしっかり見るべきであると、ことあるごとに親戚の人びとから言い含められてきた。

お前は器量が悪い。行動がのろい。雰囲気が暗い。気が利かない。取り柄のない女は、せめて万事ひかえめにつつましく生きろ。それらの言葉に対抗しうる言葉を、くみ子はもたない。すべてほんとうのことだと感じていた。父のいない場所でも。

たとえば学校。たとえば職場。どこにいても、いつでも、その場の誰よりも劣る存在として扱われてきた。

パートの帰りにコンビニでこっそりライターと煙草と缶ビールを買った。なんでもいい、なにか、今まで父に禁止されてきたことをやってみたくなったのだ。

帰り道の途中の公園のベンチで飲んだビールの味はよくわからなかったし、煙草にいたっては頭がクラクラして、吐きそうになった。三十を過ぎて非行にはしる子どものようなことをしている自分は滑稽だと思った。今さら非行に走ろうにも、体がそれを受け付けてくれないことも。滑稽で、みっともなくて、すこしだけ爽快でもあった。

煙草とアルコールはそれきり手をつけなくなったけれども、ライターだけはなんとなく捨てそびれてしまった。

父は、くみ子の部屋に無断で入る。勝手に抽斗をさぐって、化粧品やファッション雑誌を見つけるとすぐに「分不相応なものを持っている」と怒りだす。

だからライターは部屋には置かずにいつも肌身離さず持っていた。ときどき火を点けては、ゆらめく炎のうつくしさを楽しんだ。カチリと音を立てて火が灯るたび、心がごうと音を立てた。熱を持った。日増しに勢いが強くなった。

職場であるスーパーには、嫌な客がたくさんやって来る。たたきつけるように小銭を置く中年男や、サッカー台のポリ袋を何十枚もとっていく老婆。あきらかに未成年なのに不遜な態度で酒を買おうとする少年少女。いちばん厄介なのは商品が傷んでいるとかレジが遅いとかという理由でからんでくる客だった。からまれる回数は全従業員の中でもくみ子が断然多かった。

「ああいう輩はさあ、気の弱そうな、ぜったい勝てそうな相手を選んでるんだよ」

やれやれ、とでも言わんばかりに肩をすくめる店長はでも、くみ子を助けてくれることはない。

その日もそうだった。何度も店に来たことのある男だった。わざわざくみ子のレジを選んで並び、いつまで待たせるのかとか、もたもたするなとか、大きな声で難癖をつけてくる。くみ子はなにか言われるたび頭が真っ白になって、そのせいでよけいにもたもたしてしまう。

でもその日は違った。心の中で火があかあかと燃えていて、真正面から男の顔を見ることができた。

あらためて見るとずいぶん小柄な男だった。六十代ぐらいだろうか。黄色くなった白目やたるんだ顎に遠慮のない視線を当てていると、男の表情が揺らいだ。なに笑ってやがる、と言う声にかすかに戸惑いが滲んでいて、はじめてくみ子は自分がほほ笑んでいることに気づいた。

「おそれいります」

ゆっくりと頭を下げた。公園の前で別れた時の柳瀬の動作を思い出して、それを真似た。男は不気味なものを見たようにくみ子から顔をそむけて、足早に去った。

くみ子の変化に、やがて父も気づいた。

数年前に定年退職した父は、日がな一日マンションの居間でテレビを見て過ごす。三十分後に、一階の会議室で理事会がはじまる、というタイミングだった。話の長い理事のせいで、会議はときどき正午過ぎまでかかる。父のための昼食の用意をしてから一階に降りようと思っていた。

味噌汁の味噌を溶いていると、父が「お茶が飲みたい」と声をかけてきた。

「これ終わったら淹れるから待って」

味噌こしから手を離した瞬間、いきなり髪を摑まれて、冷蔵庫に叩きつけられた。その衝撃で、冷蔵庫の上に置いていたプラスチックの保存容器がいくつも床に落ちた。強く背中を打った痛みでへたりこんだくみ子に、父は「なんだその言いかたは」と喚いた。

お前は最近調子に乗っている。浮ついている。言葉を重ねるたび、床に唾が飛んだ。お前。お前お前お前お前。何度めかの「お前」の後に、くみ子は父を両手で突いた。お前お前とガラス窓をひっかくような声で喚いていた父は不意を突かれてよろめき、どさっと倒れた。

「くみ子、お前」

父がライターを拾い上げて、くみ子に見せた。冷蔵庫に叩きつけられたはずみで落としてしまったようだ。

「お前、煙草吸いよるとか」

故郷の訛りが出るほど動揺しているらしい。そのことが、くみ子をすこしだけ冷静な気分にさせた。

「出ていく」

もっと他の言葉も言いたかった。あんたなんか大嫌いとか、死ね、とか。そんな罵倒の言葉が浮かんだのは数日後のことで、その時はうわごとのように「出ていく、出ていくからね、わたし」とくりかえすことしかできなかった。

それから父が赤ん坊のように這っていって、くみ子のライターでカーテンに火をつけるのを、黙って見ていた。

焦げ臭い匂いが漂いはじめ、煙が立ちのぼる。今出ていったらお前は放火犯になるがどうするつもりだと父が鼻を鳴らした。

笑っているように見えたけれども、そうではなかった。父の頬がひきつって目が大きく見開かれているのを笑っていると勘違いしたのだ。どうして笑っているなんて思ったのだろう。

ぶすぶすと音を立ててカーテンの裾から上がる煙の勢いが増す。親殺し、親殺し、とくりかえした声が裏返っていて、火をつけた本人もまた怯えているのだとわかった。どうするつもりだ。どうするつもりだ。

こうするつもりだ。消火器を持ち出すことも、一一九番に電話をすることも、くみ子はしなかった。自分の部屋に飛びこんで、財布の入ったトートバッグを摑んだ。親殺し、親殺し。その言葉が頭の中でぐるぐるまわっているのに、ちゃんと財布を持って出ていこうとしている自分の落ちつきぶりがおかしくもあったし気味が悪くもあった。

玄関で靴をつっかけ、飛び出す直前、「火事です、娘が火をつけました」と喚く父の声が聞こえた。

火災報知器が鳴り出す。エレベータを待たずに階段を駆けおりる。ちょうど、柳瀬がオートロックのキーを解錠して入ってくるところだった。

「重田さん」

驚いた顔の柳瀬の声にかぶせるようにして「父は自分で殺しました」と告げた瞬間、

宙に浮いたように身体が軽くなった。父が大きな身体で赤ん坊のように床を這う姿がみっともなかった。自ら火をつけたくせに怯えてひきつった表情が醜かった。消防車のサイレンが聞こえてくる。きっと大事には至らない。でももうくみ子の心の中で、父は死んだ。父は死んだ。父は死んだ。今なら空でも飛べる。

「一緒に逃げて」

ほんとうはずっとこの人が好きだった。もっと話してみたいと思っていた。一度でいいから髪や頬に触れてみたかった。

あの時みたいに「いいですよ」と言ってほしい。サイレンが近づいてくる。火災報知器が鳴り続ける。柳瀬の手が伸びて、くみ子の手を取った。

「急ぎましょう」

駅を目指して走った。アスファルトを踏む足の感覚が、まるでない。

そのあと数日、市内のビジネスホテルに泊まった。部屋はべつべつだったが、食事は毎回柳瀬が差し入れてくれた。火災はボヤで済んだらしいと教えてくれもした。

携帯電話は置いてきた。連絡をとりたい相手もそもそもいない。

ホテルのユニットバスの鏡にうつる自分の顔を見ていたら泣きたくなった。ずっとからかわれ続けてきた目鼻立ちのまずさに加えて、肌のおとろえが目立つ。うっすらとほうれい線が刻まれはじめているし、目の下あたりはくすんでいる。十代の頃からおばさんみたいだと揶揄されていたしまりのない体型も、つやのない髪も、嫌で嫌でたまらなかった。

もっときれいに生まれたかった。子どもの頃から何度も何度も思ったことを、これまでいちばん強く思った。柳瀬がこんな醜い女といつまでも一緒にいてくれるはずはない。

同じホテルに泊まっているらしい柳瀬は、食事を差し入れる時以外はくみ子の部屋にたずねて来ることもない。あの時一緒に逃げてくれた理由はわからないけど、すくなくとも今は後悔しているに違いない。

四日目の朝に、柳瀬から「たまには外で食事しましょう」と声をかけられた。

「でも……」

「くみ子さんはなにも悪いことはしていないのだし、こそこそしなくてもだいじょうぶですよ」

小綺麗なカフェで朝食を摂るのも、男性とふたりきりで飲食店に入ることも、はじめての経験だった。

「切符を取りました」

柳瀬が、ちいさな青い封筒をテーブルに置いた。

「切符」

「大阪行きです」

四枚あった。乗車券と特急券で、ふたり分。

逃げてきた翌日に、親戚や知り合いが多いのはどのあたりかと問われたことを思い出した。誰かのつてを頼るつもりかと思って、九州と四国です、と答えた。

「じゃあ、逆にいないのは？」

「関西ですね」

なるほど、と感慨深げに頷いた三日前の柳瀬の顔と、目の前でうっすらと微笑(ほほえ)んでいる顔が重なる。同じ人の、同じ顔なのに、ほんのすこしだけなにかが違う。なにか、がわからない。でも確実に違っている。

「柳瀬さんも一緒に行くんですか」

ふたり分の切符をまじまじと見つめた。コーヒーカップを持ち上げようとしたが手元が狂って、なかみが手にかかった。でもまったく熱くなかった。身に余る幸福は感覚を奪う。

「もちろん」

柳瀬は頷いて「そうだ、住むところもさがさないといけないんですよね」と呟いた。

ずっとずっと、ずっと、幾日も、夢の中にいたような気がする。

こめかみから顎にかけて汗がしたたる。手の甲で拭(ぬぐ)って、ようやく隣にいる柳瀬の兄のことを思い出した。

黙りこんでしまったくみ子の隣で、柳瀬の兄は所在なげにペットボトルの蓋(ふた)を開けたり閉めたりしている。

大阪で部屋を借りた。もとは保育園のあった場所で、柳瀬も一時期そこに通っていたと聞いた。子どもの頃の柳瀬を見てみたかったが、当然柳瀬はその頃の写真を持っておらず、大家の母娘(おやこ)のアルバムにも、おさない柳瀬の姿は残っていなかった。

柳瀬のために食事をつくり、せっせと住まいを掃除した。仕事も見つけた。今まで一度も足を踏み入れたことのなかった西の土地は、ひとたび暮らしてみれば「なにかと親切だけれども深くは立ち入らない」人びとが多く住む、過ごしやすい場所だった。

「あなたたちはその、当然……」

柳瀬の兄が言い淀(よど)んだその先に続く言葉を考える。男女の仲であったのかと問いたいのだろうか。それがそんなに意外ですか、と意地悪く質問してやりたくなった。

最初の数か月、柳瀬はくみ子に触れなかった。

わたしがきれいじゃないからですかとおそるおそる訊ねると弾かれたようにくみ子を見、やがて「そんなことを考えていたんですか」と呆れたように息を吐いて、それからくみ子の顔に唇を寄せて来たけれども、無視できないほど「しかたなしに」の気配が濃厚に漂っていた。

はじめてではなかった。スーパーの前に勤めていた縫製工場の上司に誘われ、数度関係を持った。上司は既婚者で、それを理由に断ろうとしたら「お前程度の女が男に誘ってもらえるだけありがたいと思えっつってんだよ」と壁を殴られて、こわくて言いなりになった。

爪に黒い汚れがつまった手で触られるのもかきまわされるのも、上司の唾液も体臭も、身の毛がよだつほど気持ち悪かった。それでもまあこんなものかと思っていた上司との行為の数々と、柳瀬のそれはまったく別のものだった。欲求とか、衝動とか、そういったものが見えてこない。

やはり自分に魅力がないせいかとくみ子は思っていたけれども、よくよく観察してみると柳瀬はすべてにおいてそうだった。なにもかも「しかたなしに」こなしている。

食事も睡眠もすべて。

食の細い柳瀬と食事をともにするうちに、くみ子の体重も自然に減った。給料は多くなかったが、こまめに美容院に通うようになった。おしゃれなお店は臆してしまって入れず、商店街の端にあるちいさな美容院を選んだのだが、腕はたしかだった。もう還暦に近い店主は世話好きで、くみ子に化粧のしかたを教えてくれた。肌の色を見て赤やベージュではなく青や白が似合うとアドバイスしてくれたのも彼女だった。

くみ子の外見は今では、昔と大きく変化している。この街に戻ってきてから一度、駅のトイレで中学の同級生に出くわした。たしかに鏡越しに目が合ったのに、彼女はくみ子のことがわからないようだった。

「弟はどんな人間だったと思いますか」

隣で、柳瀬の兄がまた同じことを問う。

なにか薄いあきらめが、霧のように全身をつつんでいる人。くみ子にとっての柳瀬は、そういう男だ。

くみ子に対してはどこまでもやさしかった。でもそれは単なる反射だと一緒に暮らすうちにわかってきた。やわらかくちいさな雀の死骸を握りつぶしてしまわないようにそっと触れる、気遣いとすら呼べないもの。

「あの人は……」

唇をなめたら、かさかさに乾いていた。柳瀬の兄が身じろぎする。いつのまにか太陽の位置が変わっていて、ベンチは木の影にのまれている。


自分のことをあまり話したがらない人だった。一年以上一緒にいたのに、くみ子は柳瀬のことを、結局なんにも知らないままだ。

アパートの部屋のエアコンがこわれた時も、くみ子が足を捻挫（ねんざ）した時も「困りましたね」と薄く笑っただけだ。情緒が安定しているというよりは、感情の振り幅が少なすぎるようにも思われた。激怒もしないし、悲嘆にくれもしないし、大きな声で笑ったことすらない。

それでも一度だけ、ただ一度だけ、柳瀬の心に触れたと思ったことがある。

大家である実花子さんからは、ときどき食べもののおすそわけをしてもらっていた。カゴいっぱいのみかんの時もあったし、「安く買えた」というジャガイモの時もあったけれど、その日はお菓子だった。

「お歳暮にもらったんやけど、よかったら」

十センチ四方の箱がふたつ、中にはそれぞれクッキーだとか、チョコレートだとかがぎっしり入っていた。

お菓子よりも、その箱が手に入ったことがうれしかった。つややかな色合いで、蓋にはそれぞれパンジーやマーガレットが描かれ、宝石箱のようだった。

まだ母が生きていた頃に、同じような箱にだいじなものをこっそりしまっていたことがある。ケーキの箱についていたリボン、道でひろったきれいなビー玉、かわいらしい絵柄の古切手。いつのまにか父に捨てられてしまったけど。

「食べ終わっても、箱を捨てないでくださいね」

何度も柳瀬にそう頼んで、そのたびに「わかってますよ」と笑われた。

「男の子はそういうことしないんですか？　宝物をしまったり」

どうなんでしょうね、と柳瀬は目を伏せた。男の子は、と言ってしまったのがいけなかったのかもしれない。他の人はどうだかわかりませんけど僕はないです、と長いこと考えたあげく、歯切れ悪く述べた。

柳瀬の表情が曇ったので、機嫌をそこねてしまったのだと焦る。父と離れて変わったつもりでいたけれど、根っこの部分はなにも変わっていないのかもしれない。一緒にいる相手の顔色をオドオドとうかがう癖が抜けていないのだと、そのことも情けなかった。

気まずさをごまかそうと台所に逃げかけた時、柳瀬が顔を上げた。

「僕はこの箱と一緒なので」

空っぽなので。静かな口調に、くみ子は浮かしかけた腰をふたたび落ちつける。

「空っぽ、ですか？」

みんなが僕に、なにかを期待する。僕が持ってるただの空洞に、どんどん放りこんでくる。僕はただそれを受けとめているだけなのに、なぜかみんな自分が欲しいものを僕から差し出されたと勘違いする。柳瀬はたしか、そんなふうに言った。一字一句憶（おぼ）えているわけではないが、だいたい、そういう意味のことを。

「意味が……意味がちょっと、よく」

わかりたくなかった。自分を救ってくれた柳瀬が「空っぽ」な男だなどと思いたくなかったし、だいいち嫌だった。

空っぽなんです、だなんて。中学生ぐらいの子が抱えていそうな、ありきたりな屈託を恥ずかしげもなく口にするような、そんな凡庸な男だったなんて。

「みんな、僕に自分の望みを投影しているだけなんです。良い息子、すてきな彼氏、いい人。どれでもないのに、いつも勝手に押しつけてくる。でもほんとうの僕は、なにも持っていない」

それ以上はもう柳瀬の顔を見ていられなくて、今度こそ台所に駆けこんだ。

勝手に押しつけているのはあなたもおなじですけどね。柳瀬はきっと、くみ子にそう言いたかったのに違いない。


周囲の人から言われることをぜんぶ、そのまま飲みこんできた。それがくみ子だった。とろい、と言われたらそうかわたしはとろいのだなあと思い、すなおに反省してきた。柳瀬のように周囲の人の思惑と自分の実像が違っているかもしれないなどとは、一度も考えてみたことがない。

実像。でも、実像とはなんだろう。自分の思う自分こそが実像なのか。人はそんなにも正しく自分の実像をとらえられるものだろうか。外見すら鏡や写真や映像を通してでなければ確認できないのに。

そんなことを思いながら、箱の中に落ち葉を一枚入れた。庭の掃除を手伝っている時に、柳瀬の髪についていた落ち葉をこっそりとっておいたのだ。なにかとても大切なもののように思えたけれども、数日後に開けてみたら落ち葉はすっかりかわいて、触れるとぱりぱりという音を立てて崩れた。

それはそうだ。落ち葉をとっておきたいのなら、押し花の要領で本にでも挟んでおくべきだった。あつかいかたをまちがえれば、かんたんにだめになる。笑いながらそうひとりごちて、それからすこし泣いた。

そろそろ大阪を離れます、と柳瀬が言ったのは、それから数週間後のことだった。あまりにも静かに、おごそかに、決定事項のように告げられたから反論のしようがなく、ただ「はい」と答えた。

大阪の住まいで使っていたものは、すべて処分することになった。家具らしきものはほとんど買っていなかったし、調理器具などもすべて百円ショップで揃えたものだったから、惜しくはなかった。たいして贅沢をしなかったおかげで、多くはないが、くみ子にはそれなりの貯えがあった。おそらく柳瀬にも。

私鉄と地下鉄を乗り継ぎ、大阪駅に到着した。ほとんどのものを捨ててきたが、あのきれいな箱だけは持ってきた。中はでもまだ、空っぽのままだった。

あつかいかたをまちがえれば、かんたんにだめになる。

乗り換えのホームに続く階段があつまる通路はごったがえしていた。年の瀬のことで、帰省する人びとが多くいたのかもしれない。あちこちから外国の言葉も聞こえ、冬だというのに異様な熱気がこもっていた。あまりの空気の薄さに、上を向いて金魚みたいに口をぱくぱく動かした。

　数歩前を歩いていた柳瀬が急に立ち止まって、振り返る。くみ子が立ち止まると、すぐ後ろを歩いていた女がまごついたようによろけて、舌打ちしながら通り過ぎていく。縦横無尽に行き交う人びとのかばんや肩がぶつかる。よろけながら、押されながら、柳瀬とくみ子は向かい合って立っていた。

　柳瀬は口を開かない。にもかかわらず、なにを言われるのかすでにわかっていたような気がする。

「くみ子さん」

　一年以上ともに過ごした男の顔を、まじまじと見つめた。長いまつ毛と、すっと通った鼻筋と、やや薄い唇と、顔の輪郭を。耳から顎にかけての線がすっきりと細い。柳瀬が眠っているあいだに、指でなぞったこともあった。

「ここでお別れです」

　大阪を離れます、と言った時と同じだ。お別れしませんかという提案ではない。柳瀬の中ではもう決まっていることなのだ。

　ひどいことをされているとは思わなかった。柳瀬は自分のことなど好きでもなんでもない。最初からずっとわかっていた。

「そうですか」

むしろどうして今までずっと離れずにいてくれたのか、そのほうが不思議だった。

お別れです、と言った柳瀬は、けれども別れを急ぐつもりはないようだった。肩を動かして通り過ぎる人びとをかわしながら、黙ってくみ子を見つめている。

「どうしてわたしなんかと、今まで」

「わたしなんか？」

ふしぎな言葉を耳にしたかのように、柳瀬のまつ毛が震えた。こっそり寝顔を見つめながら、なんて長くて美しいまつ毛なのだろう、とうっとりしたことを思い出した。鼻のかたちも、唇も、生身の人間のものじゃないみたい。その唇が開いて、きれいだったから、という言葉が零(こぼ)れ落ちた。

「お父さんを自分で殺した、と言った時のくみ子さんがとてもきれいだったからです」

反射的に「うそ」と呟いたのは疑っていたからではなく、もう一度聞きたかったからなのかもしれない。だって柳瀬は嘘(うそ)などつかなかった。これまで、ただの一度も。

「きれいでしたよ。この人はたしかに見つけたんだと思った。ほんとうに手に入れたいものがわかっている人の顔だった。僕は違うので」

うらやましかったです、と柳瀬が続けたように聞こえたが、たしかではない。喧騒に紛れて、声を摑みそこねた。

なにか言わなければと思うと、どうしてだか舌の先がひりひり痛んだ。これでお別れなら、柳瀬に伝えなければ。でもなにも出てこなかった。空っぽなのは自分も一緒だと知る。わたしもあなたも空っぽでしたね、と言うかわりにかばんからお菓子の箱のひとつを取り出して、柳瀬に差し出した。

「持っていってください」

柳瀬がくみ子の手をそっと押し戻した。

「あんなにうれしそうだったのに」

「持っててほしいんです、お願い」

むりやり押しつけたら指が触れた。

「満たしてください、自分で。誰かになにかを放りこまれる前に」

わたしもそうしますから。いそいでそう付け足すと、柳瀬の目がわずかに細くなった。これまでの人生で誰からも向けられたことのない笑みが口元に浮かんでいた。あえて名をつけるなら、慈しみのようなもの。

「くみ子さん、お元気で」

どうかお元気でと背を向けた柳瀬の姿が遠ざかっていく。どのホームに向かうのかだけでもせめて見届けようと首を伸ばした次の瞬間に、もう姿を見失った。

そしてひとりになった。

どこに行こうと思ったあと、どこにでも行けるのだと気づいた。もうひとりでどこにでも行ける。人混みの中に一歩踏み出したら頬をぬるいものが伝った。かなしくはないのに、あとからあとから涙が流れ出る。

ひとりになった。柳瀬はいなくなった。その事実だけが身体中を巡った。けがひとつ負っていないのに、なぜか胸の奥や指先や頬までちくちくと痛んだ。

とてもきれいだったなんて、生まれてはじめて言われた。こんな自分にもそんなことを言ってくれる人がいた。柳瀬の言葉を、表情を、さっき触れた指の感触を、空っぽの箱に大切にしまった。大切な記憶が増えるたびに、ここに重ねていこうと思った。いつしかこの箱の中には記憶の層ができる。そこにはいくつもの美しい化石が埋まっているに違いない。

「どんな人間かって、そんなに大切なことなんでしょうか？」

くみ子の問いかけに、柳瀬の兄が額の汗をハンカチで拭う。

「でも、ほんとうにわからないんです。誰かに話をきくたび、わからなくなる。自分の弟が悪い人間にも、いい人間にも思えてきて……」

「そもそも、いい人とか悪い人ってそんなにきっちり色分けできるものなんでしょうか」

どこにでも行けると思ったくみ子がこの街に戻ってきたのは、決着をつけるためだった。

ひさしぶりに足を踏み入れた家は荒れ放題に荒れていて、くみ子の顔を見るなり父は湯呑みを投げつけてきた。

先月、ようやく施設への入所手続きを済ませた。ずっと前から、父はまともではなかった。

けれども、たしかに良いところもあった。庇うという意思もなく、ただ事実が書かれた文章を読み上げるようにそう思う。ひどい父にもたしかに娘への愛情はあった。けれどもそれは、くみ子が父を愛さなければならない理由にはならない。

色分けをして安心したい気持ちもまた、わからなくはない。複雑なものは人を不安にさせる。不安になることは楽しくないことだ。

それでもくみ子は柳瀬を色分けしようとは思わない。いい人でした、悪い人でしたと、そんな単純な分類に落としこんで、彼のことをわかったような気にはなりたくない。ふと、この人に島のことを話してみようかと思う。職場の休憩室のテレビで見たという島の話を、大阪を離れるすこし前にしていた。いつか、と言いかけて黙ってしまった。あの時柳瀬は、その島にひとりで行くことを決めたのではないか。

「柳瀬さんは、ただ、柳瀬さんでした」

柳瀬希望のゆくえは誰にもわからない。それでいいんじゃないでしょうか。心の中でひとりごちた。いっそそのほうが愉快だ。

柳瀬の兄の肩ががっくりと落ちる。やっぱり、この人には話さないでおこうとくみ子は思った。この人だけではなく、他の誰にも。

「そろそろ行きます」

立ち上がったら、汗ばんだ肌にスカートがはりついた。手で引きはがして歩き出す。公園の出口で振り返ったら、柳瀬の兄はそのままの姿勢でぽつんとベンチに座っていた。

どこかでつめたいものを飲もう。蟬（せみ）の声に合わせて歩き出す。Tシャツは汗を吸ってじっとりと重たいけれども、視界はくっきりと澄みわたっている。

自分は驚くほどなにも知らない。きっとみんなが若いうちから積んできたであろう人生経験も、知るべき人間関係のマナーも、存在すら気づかずに通り過ぎてきてしまった。でも空っぽであることは、これからいくらでも好きなもので好きなように満たせるということでもある。

そうじゃありませんか、柳瀬さん。ここにいない人に向かって問いかける。返事がなくったってかまわない。頬をなまぬるい風が撫でる。柳瀬希望のゆくえは、誰にもわからない。

柳瀬誠実と弟の話　6

　どうしますかと高遠が問う声が、雑然とした店の中でやけにはっきり聞こえた。誠実が答えないでいると、また同じことを繰り返した。二度目は一度目よりためらいの色が濃くなった。

　決まった事務所を持たないらしい高遠と会うのに指定された場所は、こんどはショッピングモールのフードコートではなかった。

　細い路地を入った先にある、壁にきたない大漁旗が飾ってあるような、椅子ではなくビールケースに腰掛けなければならないような店だった。

　自分ではぜったいに好んで入らない店だったが、そんなことはどうでもよかった。なにを飲むかと問われて、高遠が手にしたコップに目をやって同じものをと言ったら強烈にアルコール度数の高そうな酒が運ばれてきた。口に含んだだけで粘膜が焼けそうだ。

今回のことは自分の手落ちである、と高遠は頭を下げた。大阪の住まいと勤務先はつきとめたものの唐突にそこを出て行く可能性を念頭に置いて手を打っていなかったし、そのため今もって希望のゆくえはわからない。

重田くみ子が街に戻ってきたことを摑んだのはもちろん高遠だ。その情報を頼りに会いにいったのだが、重田くみ子も希望がどこに行ったのかわからないようだった。教えられないという言いかただったが、あれはあきらかに知らない。

「続けますか」

「いいえ、もう」

希望の居所が知りたかったというよりも、実のところ自分の弟がほんとうはどんな人間なのかということが知りたかったのだ。でもどれだけ追いかけてもわかる気がしない。

そうですか、と呟いて、高遠がコップを呷る。

今まで会った人びとが語る希望の姿は、重なるようでいてすこしずつずれている。山田由乃はやさしくてきれいだとなつかしみ、有沢慧は誰のどんな頼みにでも「いいですよ」と答えてしまうような都合のいい人だと評した。

小平実花子は幼児の頃の希望を「すべてを見透かしそうな」と表現し、大人になった希望については「悟ったようなことを言うくせに、あたりまえのことを知らない」とおかしがっていた。

重田くみ子は、なんと言っていたのだったか。柳瀬さんは、ただ、柳瀬さんでした。そうだ、そう言っていた。

そんなふうに受け入れてくれる女だから、一年以上も一緒にいられたのだろうか。なにもかも捨てて、手にしたあの女との暮らしは楽しかったのか。だけど結局、希望はそれさえも手放した。

弟がどんな人間なのか知りたかったのに、他人の話を聞けば聞くほど混乱する。誠実がそう話すと、高遠は低く唸（うな）った。いつのまにか手元のグラスは新しいものに変わっていて、手品のようだと思う。

「高遠さん、会ったんですよね。希望に」

「遠くから見ただけですけどね」

傷だらけのテーブルに片肘（かたひじ）をついて、高遠が遠くを見るような目つきをする。

「どう思いました」

「さあ、直接話したわけではないので」

ただ、と足を組み直す。

「弟さんに対する全員の印象がバラバラなのは、それぞれが自分が見たいものを投影してたからなんじゃないでしょうか」

勝手に期待されて勝手にがっかりされた経験があるでしょ、柳瀬さんあんたにも、という高遠の言葉の意味がわからなかった。

「どういう意味ですか」

「やさしい人だと思ってたのに違った、とか、あなたにはがっかり、とか女に言われたことないですか」

「ああ……」

数え切れないほどあるが、正直に認めるのは癪だ。軽く咳払いをしてごまかす。

「そういう時に、勝手に期待してんじゃねえよなんて言えるのは『ほんとうの自分はこうだ』ってのがある人間なんでしょうね。俺はこうだ、こういう人間だ、っていう明確なイメージがある。もちろん思いこみの可能性もあるんでしょうけどね。けど弟さんは違う」

「違う」

「期待に応えようとしすぎる。たぶん相手の欲しがってるものがわかりすぎるんでしよう。自分には関係ないと無視することもできない」

俺の息子は十歳で。唐突に高遠の話が変わったが、誠実は黙って話の続きを待った。以前は「ガキ」と呼んでいたが、なにか心境の変化でもあったのか。

息子か。どうやら男子だったらしい。

「思ったことをそのまま口にするんです。自分の中で順番とか習慣がかっちり決まってて、それを乱されるとパニックになる。クラスの連中にも興味がなくて、顔も覚えられない。当然空気なんか読まない。人の気持ちなんかはなから知ろうとも思ってないみたいに見える。わかりますか？　そういう人間がいるってこと」

「なんとなくは、わかるつもりです」

「息子は世間的に『普通じゃない』ってことになってる。生まれた時からずっとはみだし者、邪魔者です。だけど柳瀬さん、あんたの弟さんに比べたらあいつはずっとまともだと思いますね」

「弟はまともじゃないと言いたいんですか」

「他人が欲しがってるものをひたすら差し出し続ける人間は、きっとどんどん心が空っぽになっていくんです。自分の意見じゃなくて相手の言ってほしいことを勝手に汲み取って口にするような、他人の欲求を際限なく受け止めようとするやつは、それこそ妖怪かなんかの類に思える。気味が悪い」

弟は妖怪なんかじゃないです、と反論する声が裏返った。すみません、と高遠は肩をすくめたが、申し訳ないとは露ほども思っていなさそうだ。

「……希望は周囲からそんなふうに扱われるのが嫌で、消えたんでしょうか」

誠実の呟きに、高遠は反応を示さなかった。ぼんやりと壁のほうを眺めている。

俺は息子が、となかばひとりごとのように高遠が呟いた。

「あいつがあいつで、ほんとうに良かったと思ってますよ、今は」

高遠とその息子の日々がどんなものか、誠実は知らない。じっくりと聞いてみたいような気もしたが、それは叶わない。自分はこの男の友人でもなんでもない。

千円札を一枚置いて、誠実は立ち上がる。

「息子さんによろしく」

「どうも」

それが高遠との最後の会話だった。「ありがとうございました」も「なにかあったらまた」もなかった。

飲み慣れていない強い酒を口にしたのに、ふしぎと頭は冴えていた。足取りも問題ない。

小平実花子から聞いた話を、誠実は高遠に話していなかった。にもかかわらず、さきほどの高遠が想像する希望が自分のそれに近かったことに驚いている。

小平実花子は、希望から家族旅行の話を聞かされていた。

真珠貝は石ころやプラスチック片などの異物をのみこみ、それを核としてあの美しい玉を形成する。人間も同じだ云々の、あの話も。

父の友人は人間を真珠貝の側にたとえて話していたはずなのだが、なぜか希望は人間を真珠にたとえた話だと勘違いしたらしい。

どんな経験を積んでも、核がなければ真珠にはなれない。自分はきっと、真珠になれない側の人間なのではないか。十歳の希望は、なぜかそんなふうに思いこんでしまっていた。自分には核がない、と。

だから真珠の核が石ころやプラスチック片だと聞いて嫌がっている兄がうらやましかった、と語ったのだそうだ。だって兄はその核を持っているってことですよね。すくなくとも兄は自分が真珠になれることについては、疑いもしていない。それってすごいことだなと思っていました、と。

すごいなあ、兄ちゃんは。希望のあの言葉を、ずっと皮肉だと思いこんでいた。

小平実花子は単にその話を「ほほえましいエピソード」と受け止めたらしい。意外とかわいいところもあるんやねえ、と肩を揺らしていた。

「せやから私、教えてあげたんよ。無核の真珠もあるのよって。ほんで、これもそうなんやでって、このネックレスを見せてあげたの。そしたら希望くん、ほんまにびっくりしてて。知らんかったんやて。なんや、うれしそうな顔して笑ってたなあ」

その会話を交わした数日後に、希望は「ここを出ていくつもりです」と話したのだという。

うれしそうな顔で笑っている希望をうまく想像できない。それはとてもかなしいことだった。かなしい。ひらがなで書いたような淡い感情が全身を満たす。

真珠になんか、なれなくったっていいじゃないか。

もと住んでいたマンションに向かって歩いていることに気づいた。思っていた以上に酔っているのかもしれない。来た道を戻りかけて、結局マンションを目指すことにした。鍵(かぎ)はまだ持っている。

和歌は仕事だなんだと毎日忙しくしている女だ。だからいなくても別段不思議ではなかったが、ちゃんと部屋にいた。食事を済ませたあとらしく、居間にはトマトソースの匂(にお)いが漂っている。オムレツに入っていたプチトマトが嫌いだと言えなかった時の記憶がよみがえった。言わないことをやさしさだと思いこんでいた自分の勘違いも。

「誠実くん」

すこし痩せたように見える和歌は、おかえり、と言いかけて、一瞬俯いた。

「なにか飲む？」

長い逡巡のすえに、そう口にした。ぎこちない笑みを浮かべてもいる。

「ワインとか」

「いや、ワインはいらない。さっきまで、ちょっと飲んでたから」

「そう。じゃあ、紅茶を淹れるね」

誰と飲んだのか、とは訊かないのだ。思えばずっとそうだった。和歌は自分に興味がないのだと思っていたが、ほんとうはどうだったのか。

ソファーに腰を下ろすと、和歌が紅茶を運んできた。三人掛けのソファーに間隔を空けて座り、黙って紅茶を飲んだ。

「おいしい」

「そう？　よかった」

以前の和歌なら自信たっぷりに「でしょう」と笑ったはずだ。目を伏せて紅茶碗に息を吹きかける和歌は、誠実の知らない女のように見える。

「花火を見に来たの？」

そう言われてはじめて、花火大会が今夜開催されるのだと知った。このマンションのベランダから近くの河川敷でおこなわれる花火大会の花火が見えることを、和歌は家を訪れる人間全員に自慢していた。まだ結婚したばかりの頃は友人を呼んでみんなで花火を見ていたが、じきにそれもなくなった。

「誠実くん」

ごめんね。和歌の声が鼓膜を震わせる。

「浮気したことだけじゃない。ずっとずっと、ごめんね」

自分はとてもわがままな妻だった、結婚前からそうだった、誠実の気持ちも考えずに好き勝手にふるまっていた、という趣旨のことを語る和歌の口調はすこぶる落ちついていた。

「僕はでも、和歌のそういうところが好きだったから」

いつだって自信に溢(あふ)れていて、派手で、欲望に忠実で。そういう和歌がとても好きだった。

「だからごめんなんて言わなくていいよ」

和歌は変わらない。変わったのはこちらの気持ちだ。

「和歌は、そのままでいいよ。でも」

でも。そこで言い淀むのはいかにも思わせぶりでわざとらしいと思ったが、どうしてもそこで言葉が途切れてしまう。ひゅうひゅうと無様な息が喉の奥から漏れる。

「でも、もう戻れないんだよね」

両手で顔を覆った和歌があとを引き継いでくれた。

「うん」

「わかってる」

君もすこしぐらいは僕を好きでいてくれたのかな。そう訊ねたら、和歌は顔を覆ったまま、大きく何度も頷いた。

「そうか。よかった」

「それだけは信じて、誠実くん」

ごちそうさま。紅茶碗を台所に運んで、すこし迷ってから、スポンジをとって洗った。和歌はソファーにうずくまって、じっとしていた。

「今この部屋にある僕のものはぜんぶ捨ててくれていいから」

「うん」

「離婚届の用意ができたら、また連絡する」

「うん」

マンションの鍵をキーケースから外して、テーブルの上に置いた。

浴衣(ゆかた)を着た女や家族連れとすれ違う。ぴかぴかと七色に光るおもちゃのステッキを持った子どもが甲高い声を上げてはしゃいでいた。まぶしくて見ていられず、顔を持ち上げる。白くてまるい、真珠みたいな月が目に入った。触れられそうに大きくて、思わず手を伸ばす。とん、と肩に衝撃を感じた。上ばかり見ていたせいで、前方から歩いてきた誰かにぶつかってしまったらしい。

すみません、と立ち止まって声をかけた時には、相手はすでに数メートル先にいた。

「ちゃんと見たほうがいいよ」

誠実とぶつかった誰かは、振り向きもせずにそう言い放った。その声を、その言葉を、かつて聞いたことがある。

「希望」

考える前に、名を呼んだ。追いかけようとして、後方から歩いてきた男女にぶつかりそうになって、つんのめる。希望かもしれない男が振り返ったが、闇(やみ)に紛れて顔がよく見えない。

「こっちじゃないよ。自分が進むほうを見て」

「希望なのか？」

ばん、と大きな音がした。もう花火がはじまったのか。わあ、と歓声を上げて立ち止まる人たちのあいだをすり抜けて走りだそうとして、足がもつれた。打ち上げ場所はそこまで近くはないはずなのに、火薬の匂いが鼻先を掠(かす)める。

立て続けに十発以上も花火が打ちあがる。額を流れ落ちた汗が目に入り、立ち止まった。希望かもしれない男が、こちらに引き返してこようとしている。それを認めた瞬間、誠実は反射的に、だめだ、と叫んでしまっていた。

「戻ってきちゃ、だめだ」

お前は、お前の行きたいところに行くんだ、と声を限りに叫んだら、希望かもしれない男は、かすかに笑ったようだった。

「ありがとう」

兄ちゃん、と続いたように聞こえたが、気のせいかもしれない。そう言ってほしいと願っているだけなのかもしれない。

希望かもしれない男はふたたび誠実に背を向け歩き出した。後ろ姿に向かって「お前の行きたいところに行くんだよ」と繰り返しながら、ほんとうはずっと、弟にそう伝えたかっただけなのかもしれない、と思った。

また続けざまに花火を打ち上げる音が響く。誠実の頭上で、大きな音とともに赤や黄色の光がまばゆく広がって、散った。

光

ホテルしぐれ荘には、守るべきルールがふたつある。ひとつ、他人(ひと)のものを盗(と)らない。ふたつ、他人の事情をさぐらない。

ものを盗らない、というルールをわざわざ定めなければならないような職場なのだ。だからまあ、たいていの者には知られたくない事情があるのも頷(うなず)ける。日本地図上では小さな点のように見える小さな島のはずれにぽつんと建っているホテルしぐれ荘では、裏が断崖(だんがい)になっているせいか、宿泊客が自殺したことも一度や二度ではないらしい。よその土地から流れてきてあんな陰気なホテルで働くような者はわけありに決まっている。そのように島民たちから決めつけられるのも、無理からぬことではある。

もっともルールに関係なく、わたしは同僚の過去について知りたいと思ったことがない。今ハンドルを握っている柳瀬希望という男がどこで生まれ育ったのかも、この島に来る前はどんな人生を歩んできたのかも、べつに知りたくない。柳瀬さんだけではなく、厨房の男のことも、接客担当の女のことも、オーナーの過去も。わたしの過去を知ってほしいとも思わない。

砂利道を走るせいで、バックミラーに吊り下げられている交通安全のお守りが激しく揺れている。

ホテルしぐれ荘は二階建ての木造建物で、すべての客室から海が見える。トイレと風呂は共同だ。食事は朝と夕、食堂でとることになっている。ほとんどの観光客は港のそばのきれいなホテルに泊まる。基本的にはひなびた島だが、移住者などが営む小綺麗なカフェや雑貨屋も目立つ。

わたしは二年前に男と暮らしていたアパートを飛び出し、あちこちさまよった末にこの島に来た。たまたまホテルしぐれ荘の「スタッフ募集」のはり紙を目にしていなかったら、今頃はどうしていたのだろう。

居心地がよかったとか気に入ったとか、そういうわけではまったくない。ただその時ホテルしぐれ荘にわたしひとりぶんのすきまがあいていて、そこにすぽっとはまった、という表現が正しい。ようやく慣れた。ホテルの脇にある従業員専用の長屋暮らしにも、買いもののたびに背後でひそひそと囁かれることにも。

「ふれあいマーケット、でいいんですよね」

柳瀬さんは十歳近く年下のわたしに向かって敬語を使う。三か月はやく入った先輩だから、なのだそうだ。ふれあいマーケットは港の隣にあるスーパーだ。魚や野菜は安いが、化粧品や生理用品だとかは、馬鹿じゃないのかと思うほど高い。でも、そこで買うしかない。他に店がないから。

「うん。入り口の近くでおろして」

わたしは柳瀬さんにたいしては、なるべくぞんざいな言葉づかいをするようにしている。そのほうが柳瀬さんは喜ぶ。他人に気を遣われるのが苦手なのだ。本人はそのことを隠しているが、わたしにはわかってしまう。

昔から人の顔色を窺うのが得意だ。母の機嫌ひとつでなにもかもが変わるような家で育つと、自然とそうなる。ほんとうに、夕飯のメニューから子どもの進路まで、なにもかも決まってしまうのだ。いっしょに暮らしていた男は母に似ていた。わたしはとかくあの手の人間につけこまれる。逃れるためにはこんな島まで来なければならなかった。

今日はホテルの仕事が休みなので一日ごろごろしていようと思っていたのだが、目覚めたそばからお腹がぐうぐうと鳴り続けているのに冷蔵庫が空っぽで、しかたなく外に出て自転車にまたがったら、前輪の空気が抜けていた。ホテルに空気入れを借りに行くとちょうど柳瀬さんがいて、「今から車で銀行に行くから、ついでに送っていきますよ」と言ってくれた。

車は白いワゴンで、横っ腹に『ホテルしぐれ荘』と大きく書かれている。港まで客を送迎するほか、ちょっとした買い出しや用事のためにも使う車だがわたしは免許を持っていないので運転できない。

送迎をしないわたしは、おもに部屋の清掃や給仕などをこなす。客が滞在中に体調不良を訴えれば島の診療所に往診を頼み、家族連れの客の子どものゲームの相手をつとめることもある。

柳瀬さんはわたしと違って頭が良いので、そのぶん任せられる仕事の種類も多いようだ。近頃はオーナーの書類仕事なども手伝っている。フドーサンショトクがどうとかいう話をしているのを聞いたこともある。

柳瀬さんの過去について、知っていることがひとつだけある。かつてうさぎを飼っていた、ということ。ロビーの清掃中に柳瀬さんが唐突に喋（しゃべ）り出したのだ。飼っていたのはこのホテルと同じ名前のうさぎだったと。

「だからここで働いてるっていうんじゃないよね」

わたしがモップで床を擦りながら訊ねると、「まさか」と笑った。

「きっかけのひとつではあったんですけど」

偶然目にしたテレビの番組で、この島の存在を知ったという。旅番組だったが、メインはもちろんホテルしぐれ荘ではなかった。ただの一瞬、画面の端に映りこんだ『ホテルしぐれ荘』を自分の目で見るためにやってきて、そのまま住みついてしまった。

「ホテルか旅館か駅か空港で働きたかったんです」

人がそこに留まらない、常にやってきて、去っていく、そういう場所で働きたいなと思っていたのだと言っていた。それが柳瀬さんの過去についてわたしが知っていることのすべてだ。

現在の柳瀬さんについて知っていることなら、もうすこし多い。他愛ないことでよく笑うこと。天ぷらが嫌いなこと。まかないで出てもけっして手をつけない。(だからいつもわたしが食べる)シフトの変更やちょっとした頼まれごとを断る時、いつも声を発する前に大きく息を吸うこと。

「断る」は、柳瀬さんにとってはひどくエネルギーを要する行為なのだろう。たぶん、長いこと「断る」をやらずに生きてきたのではないだろうか。いちど抱えこんだ性質を捨て去るのには、時間がかかる。せっかくここまで逃げてきたわたしが今でも無意識に他人の顔色をうかがってしまっているように。

釣りはしないが、海が好きらしいことも知っている。休憩時間や仕事おわりや朝早くよく砂浜に出ている。きれいな貝殻や小石を見つけると拾って洗い、乾かしてからお菓子の箱に入れる。十センチ四方ぐらいの箱だ。蓋には、花の絵が描いてある。

車がふれあいマーケットの入り口に横付けされる。柳瀬さんはわたしが買い物をしているあいだに、銀行の用事を済ませるという。

「帰りも、のせていってくれる？」

「もちろん。迎えに来ます」

店内に入ると、外よりも生ぬるい空気がまとわりついてくる。空調の調子がおかしいのだろう。品出しをしていた店員がわたしに気づいて、頭からつまさきまでじろじろ見てくる。いそいでカップ麺やミネラルウォーターのペットボトルをカゴに放りこみ、会計を済ませて外に出たが、白いワゴン車は見当たらなかった。銀行の用事が長引いているらしい。

「わけあり」

誰かの声が聞こえて、振り返る。入り口近くで煙草を吸っていた男たちが、わたしのほうを見ながらにやにや笑っていた。

とっさに目を伏せそうになったが、思い直して、男たちをまっすぐに見つめる。ひとりが薄笑いを浮かべ、あとの数人は気まずそうに目を逸らした。薄笑いの男には見覚えがある。すこし前に港近くの店で飲んでいる時に、しつこく声をかけてきた。きみかわいいよね、あのホテルで働いてる子だよね、いっしょに飲もうよ、と。無視しているとさらにしつこく絡んできた。おい、気取ってんじゃねえよ、どんなやばいことしでかして逃げてきた女なんだろうってみんな思ってるよあんたのこと。借金か？　男か？　自分のガキだったりして。なんとか言えよ、お高くとまってんじゃねえよ。

店主が割って入ってきて、男は店の外に連れて行かれた。会計の時、「あいつ、母親がずっと昔にかけおちしちゃってさ。許してやってよ」と教わった。

はあ、とわたしは答えたけど、心の中では、だからなに、と思っていた。だからなんなんだ。そんなこと、わたしには関係ない。

男がわたしのほうに一歩足を踏み出す。こわくはなかったが、ちょうどその時、白いワゴン車が駐車場に入ってくるのが見えた。

「はやく車、出して」

乗りこむなり、早口で言う。柳瀬さんはゆっくりと車を発進させる。サイドミラーにうつる男たちが小さくなり、すぐに見えなくなった。

「さっきの人たちと、なにかあったんですか」

柳瀬さんは勘がいい。べつになにも、と言ったが、ほんとうですか、なにか隠してませんか、と食い下がる。

「前に、ちょっと絡まれただけ」

「やっぱりなにかあったんじゃないですか」

「ほら、わたしってもてるから」

冗談めかして言ったが、柳瀬さんはかたく唇を引き結んだまま、黙っていた。ああめんどうだな、という気持ちが募っていく。そんなに心配してくれなくていいのに、わたしのことなんか。

「柳瀬さんこそ、この手のトラブル多そう」

このあいだ、宿泊客に連絡先のメモを渡されていた。柳瀬さんはそのメモをろくに見もせずに捨ててしまったようだけど、あきらめきれなかったらしい宿泊客から、その後も何度か手紙が来ていた。

「僕はちゃんと断ってますから」

柳瀬さんは言ってから、ちゃんと、とやや小さな声で繰り返した。

「なにそれ。わたしが『ちゃんと』断ってないみたいな言いかた、感じ悪い」

「そんなこと、ひとことも言ってませんよ」

「言いたいことがあるならはっきり言えば？」

柳瀬さんは小さくため息をついて黙りこんだ。わたしは苛々しながら横顔を睨んでいたが、だんだん嫌になってきて、窓の外に目をやった。畑の脇で魚を干している女が一瞬、顔を上げてこちらを見た。

短くないあいだ続いた沈黙によって淀んだ空気を入れ替えるように、窓をすこし開ける。

「まあ、柳瀬さんにはちゃんと恋人がいるんだもんね」

恋人っていうかなんていうか、大切な人、と言い直す。柳瀬さんはすこし驚いたように一瞬わたしを見た。

「いるんでしょ？」

「いませんけど」

「え、そうなの？」

「はい。どうしていると思ったんですか」

「だって、その箱」

後部座席に置かれたバッグから、例のお菓子の箱がのぞいている。それを指さして、わたしは言った。

「よく貝殻とか石とか拾って入れてるよね。その箱開ける時、柳瀬さんはなんていうか、その」

いつもやさしい顔になる、と言うのが恥ずかしくて、そこで言葉を切った。箱の蓋に手をかける柳瀬さんは慈しむような、大切な誰かを思うようなやさしげな目をしていて、そのくせどこかかなしそうにも見えた。

「だから、誰かのために集めてるんじゃないかなあって思ったの」

「まあ、ある意味では、そうかもしれません」

「ある意味では？」

「この箱を満たす、と約束したんです。ある人と」

ある人って誰、と訊くのは、おそらくルール違反なので「そっか」とだけ呟いた。それからホテルしぐれ荘につくまでふたりとも黙っていたけど、さきほどまでのような気まずさはもうなかった。

柳瀬さんがキーをまわしてエンジンを切ったのをたしかめて、わたしはポケットに手を突っこむ。

「柳瀬さん。手、出して」

柳瀬さんはおとなしく手のひらを差し出してくる。そこに、真珠をひとつのせた。米粒みたいな、小さくいびつな真珠だ。

「あげる」

ときどき、オーナーから蒸した貝が振るまわれる。船釣りのついでに岩場でとってきた貝だという。たいていは数が半端で客には出せないので、従業員が食べる。数種類の貝がいっしょくたに蒸されて、無造作にザルに盛られているのを各々好きなだけとって食べる。厨房の男は仕事の合間におやつみたいに食べる。最初はびっくりしたけど、そのうちわたしも真似するようになった。

きのうはそこに真珠貝がまじっていて、厨房の男と「真珠が出てきたりしてね」と言いながら食べていたらほんとうになにか固いものが歯にあたり、おそるおそる吐き出してみたら小さな小さな真珠だった。売ってお金にしようにもこんな米粒みたいな真珠じゃ話にならない。

「だから、柳瀬さんにあげる」

柳瀬さんは真珠を目の高さに持ち上げて「歯型がついてますけど」と呟いた。

「ちゃんと洗ったからだいじょうぶだよ」

「だいじょうぶかどうかは僕がきめることですけど……でも、ありがとうございます」

わたしに頭を下げてから、取り出したハンカチで真珠を包んだ。それを白いシャツの胸ポケットに入れる。やけに丁寧なその仕草を見ていると、なぜか涙が出てきた。急いで車を降りて、Tシャツの肩で涙を拭う。

「真珠あげたんだから、かわりになんかちょうだい」

「なにが欲しいんですか?」

わたしはしばらく考えて、休み、と答える。

「柳瀬さん、明日休みでしょ。真珠のお礼に、わたしのかわりに明日仕事に出て」

ほんとうはべつに休みなんか欲しくなかったけど、なにか喋っていないとほんとうに泣き出してしまいそうな気がした。

わたしはここにたどりつくために、ぜんぶ捨てなければならなかった。捨てたものの中には大好きな人たちだって大切なものだってたくさんあった。

柳瀬さんは、どこから、なにから、誰から、逃げてきたの? そう訊ねようとして、でも結局、できなかった。わたしが口を開きかけた時に、柳瀬さんが笑いながら「いやです。ぼくの休みは、ぼくのものです」と言ったから。柳瀬さんはいつものように呼吸を整えてからではなく、とても自然にその言葉を口にした。

いやです。拒まれているのに、わたしの耳には明るい音楽のように聞こえた。幸運を祈るおまじないのようにも。

それじゃあ、と柳瀬さんがホテルに向かっていく。真昼の空の下で、白いシャツを着た柳瀬さんの背中は、目が痛くなるぐらいにまぶしかった。

解説

山中真理

弟の希望が、放火犯の疑いのある女性と共に失踪したらしい。兄である誠実のもとに、母から突然連絡が入るところから、物語の幕は開く。ミステリ、逃避行、果たしてどう転ぶのか。続きが気になりぞくぞくする感情と共に、物語に向き合う覚悟を固める。

今回、私は何をつきつけられるのだろう。

寺地はるなは、人間の心の奥にあるものをむきだしにする作家だ。自分では全く意識していなかった、或いは想像すらしていないものを、彼女の書く物語は洗い出し、つきつけてくる。

寺地作品には、世間から、「変な人」「だめな人」といったレッテルを貼られていたり、抱えている病気ゆえに周囲から理解されづらい行動をしたり、といった人物が多く登場する。

二〇二一年に刊行された『雨夜の星たち』の主人公は、他人と関わることに不器用で、自分のルールで人生を歩んでいる女性であり、二〇二三年本屋大賞にノミネートされた『川のほとりに立つ者は』では、ディスレクシア（発達性読み書き障害）を持つ人物をキーパーソンとして物語が展開する。

彼らに寄り添う人々や、家族との関係性を描いてゆくというのも特徴のひとつであろう。

『ガラスの海を渡る舟』には、今作と同じく「きょうだい」が登場する。自分には秀（ひい）でたものがないと思っている妹と、才能も何も気にならない兄。ふたりの感情が次第に重なってゆく様子が描かれる。

また河合隼雄物語賞を受賞した『水を縫う』は、世の中の「当たり前」に生きづらさを抱えている人たちの背中を押す家族小説だ。「当たり前」ではないかもしれない、しかし互いを想（おも）う気持ちにあふれる家族の姿がそこにはある。

繊細で脆（もろ）く、傷つきやすい人間の心の切実さをありのまま描くことで、寺地さんは小説を通して私たちに問いかけてくる。明確な答えは示されない。

その答えはあなたが感じることだと、強くて優しい筆致が心に投げかける。もう知っているように思っていても、この生きづらい世の中で、知られていないこと、知らなかったことはいっぱいある。知ったような気になってはいないかと自分自身を深く見つめ直す機会を、いつも与えてもらってきた。

今作『希望のゆくえ』は、私たちにどういう問いかけをしてくるのか。一体、なにを洗い出されるのか。つきつけられる怖さを感じつつ、物語に没頭してゆく。

希望の失踪を知った誠実は、弟を見つけ出すために、彼と交流があった人物をひとりひとり訪ねてゆく。

「とてもきれいな人でした。いつもやさしくて」となつかしむ高校時代の恋人、「誰のどんな頼みにでも『いいですよ』と答えてしまうような都合のいい人」と評する会社の後輩。

希望の人物像をたずねながらも、浮き彫りになってくるものは複雑だ。人びとが語る弟の姿は、どこか少しずつずれている。

仲の良い兄弟ではなかったかもしれない。それでも知っているつもりでいた希望の人となりが、急に分からなくなってしまう。なぜ希望は逃げ出したのか。真実の姿はどこにあるのか。誠実ははじめて真剣に弟に向き合おうとする。

誠実と希望の兄弟関係、そして希望の背負っている切実さを伏線のように示す印象的な場面がある。

幼いころ、真珠養殖場を訪れた兄弟に、父の友人が「石ころやプラスチック片を飲みこんだ真珠貝は、それを核としてあの美しい玉を形成する」という話をするシーンである。

「じつはこれ人間も同じなんだよ。悲しみや苦しみを抱えて生きた者こそが、美しい真珠を生み出せる、そうじゃないかな」

だが、その言葉に誠実は嫌悪感を抱く。苦しみを抱えたものがかならず美しい真珠を生むならば、世界はもっと素晴らしいものになるはずだ。

「石ころって。そんなもんが核なのか」

そう小さい声で吐き捨てながら、しかし父の友人に向かっては「勉強になります」と返す。それが誠実の分別だった。

その一連の行動を見ていた弟の希望は「すごいなあ、兄ちゃんは」と言う。誠実の悪態は、すぐ横にいた希望には聞こえていたはずだ。誠実は、心にもないことを言う自分を、弟は馬鹿にしているのだと思い、にらみつける。

しかし、誠実の記憶の中にある弟は、そのゆくえを訪ね歩くうちに靄がかかり、次第に姿を変えてゆく。

そして見えてきたのは、相手の要求をすべて受け入れてしまう弟の姿だった。交際を申し込まれても、別れを告げられても、うんざりするようなトラブルを押しつけられても、希望は「いいよ」と受け入れる。放火犯と疑われる女性に「一緒に逃げて」と言われたときでさえ、弟はその手を取ったのだった。

相手の要求をすべて受け入れてしまう希望。彼の心には何か深い重い傷があるのではないか。誠実は、ようやく弟の歪さに気づく。

また、希望を追うことで、誠実にも自分自身の見たくないものが明白になってくる。「事なかれ主義」「見て見ぬふりが得意」「いつも目をそらす」。

中でも、母親から責められるシーンは恐ろしい。

いつもそう、いつもあなたはそうなの、見えなくなったらそれでいいと思ってる、見なかったことはなかったことにできると思ってる、そうでしょう。

畳みかけるような母親の台詞(せりふ)に、誠実の真実が見えてくる。

だが、人は自分の実像を捉(とら)えることができるのか。自分で、自分のことを分かる人などいないのではないか。絶えず自分のことを見ないふりをして生きてきて、他人から見える自分に寄り添うのは苦しい。寄り添わなければ怖い。読めば読むほど、この小説には迷宮に連れていかれる。消化することは不可能だと思う。

誠実に対してたたきつけられた「目をそらす」に、私も耳をふさぎたくなった。

そもそも、誠実と希望の兄弟にとって、家庭は安心していられる場ではなかった。自分の言うことすることがすべてで、少しでも意に沿わないことをすると暴力をふるう父。それに憎しみを抱きながら、服従している母。その状況を見て見ぬふりをした誠実と、なす術(すべ)がなく甘んじていた希望。

希望に関わる人物として登場する者たちも、同様だ。奥底に眠っている負の感情が代わる代わる提示されていく。

目を背けたくなるような彼らの感情は、いつ私たちが抱くかしれないものだ。認めたくないかもしれないが、人間なら誰しもがそのかけらを持っている。

希望は、親のいうことをきくことで、価値観を押しつけられ、断ってはいけないという気持ちを植えつけられた、いわゆるアダルトチルドレンだ。

他人への肯定に常にまわってしまう。期待される言葉を紡ぎ出すだけの空っぽな自分。良い息子、すてきな彼氏、いい人、本当は、そのどれでもない。希望はそんな、自分に耐えられなくなって逃げだしたかったのだろう。

私も考える。自分は人に何かを押しつけ、奪いとっていたことはなかったか。

先述した真珠貝のシーンを覚えているだろうか。誠実に対する希望の想いが、最後の最後に明かされる。

「すごいなあ、兄ちゃんは」

この解説を先に読んでいる読者のために、ここでは詳しく書かないでおくが、その一言に込められた希望の切実さは、痛々しすぎる。

希望は、兄を馬鹿にしたわけでは決してなかったのだった。むしろ、誠実を羨ましく思い、空っぽな、真珠になれない自分への絶望を口にしていたのだ。

考えもしなかった希望の想いを知り、誠実は思う。

真珠になんか、なれなくったっていいじゃないか。

その言葉に、花丸をつけて、希望に伝えたい。

空っぽということは、今から自分で満足できるものや好きなものを詰めこむことができるんだ、という言葉も添えて。

希望は、体と心が失踪していた。誠実は心が失踪していた。誠実は希望のゆくえを追うことで、自分の心の歪(ゆが)みに目を向け、自分の本当の姿を見つめざるを得なくなった。弟の苦しみを知ることで、弟に今までとは違った感情を覚えることができた。しかし希望は失踪以後、実際には誠実の前に登場していない。不在という事実と記憶で、実在を得る。いることで知りえなかったものが、いないことで浮かび上がるこの構成が秀逸すぎる。

人は名前を付けるとき、願いをこめて名前を付ける。

「誠実(まさみ)」も「希望(のぞむ)」も、現状ではまったく似つかわしくない。それでも、寺地さんが彼らにこの名前を付けたのには、「失踪した心を見つけることができたその日には、どうか本当の意味で真心のある人間になってほしい。未来に望みがあると思ってほしい」という祈りがこめられているのではないかと解釈した。
暗闇(くらやみ)のなかから光がさしてきた。

（令和五年十一月、書店員）

この作品は令和二年三月新潮社より刊行された。なお、
最終章「光」は文庫版のために書き下ろされた。

町田そのこ著

夜空に泳ぐチョコレートグラミー

R－18文学賞大賞受賞

大胆な仕掛けに満ちた「カメルーンの青い魚」他、どんな場所でも生きると決めた人々の強さをしなやかに描く五編の連作短編集。

町田そのこ著

ぎょらん

人が死ぬ瞬間に生み出す赤い珠「ぎょらん」。噛み潰せば死者の最期の想いがわかるというが。傷ついた魂の再生を描く7つの連作集。

町田そのこ著

コンビニ兄弟

―テンダネス門司港こがね村店―

魔性のフェロモンを持つ名物コンビニ店長（と兄）の元には、今日も悩みを抱えた人たちがやってくる。心温まるお仕事小説登場。

彩瀬まる著

あのひとは蜘蛛を潰せない

28歳。恋をし、実家を出た。母の〝正しさ〟からも、離れたい。「かわいそう」を抱えて生きる人々の、狡さも弱さも余さず描く物語。

彩瀬まる著

朝が来るまでそばにいる

「ごめんなさい。また生まれてきます」――生も死も、夢も現も飛び越えて、すべての傷みを光で包み、こころを救う物語。

彩瀬まる著

草原のサーカス

データ捏造に加担した製薬会社勤務の姉、仕事仲間に激しく依存するアクセサリー作家の妹。世間を揺るがした姉妹の、転落後の人生。

田中兆子著

甘いお菓子は食べません

頼む、僕はもうセックスしたくないんだ。仲の良い夫に突然告げられた武子。中途半端な〈40代〉をもがきながら生きる、鮮烈な六編。

田中兆子著

私のことならほっといて

「家に、夫の左脚があるんです」急死した夫の脚だけが私の目の前に現れて……。日常と異常の狭間に迷い込んだ女性を描く短編集。

千早　茜著

あとかた

島清恋愛文学賞受賞

男は、どれほどの孤独に蝕まれていたのだろう。そして、わたしは——。鏤(ちりば)められた昏い影の欠片が温かな光を放つ、恋愛連作短編集。

千早　茜著

クローゼット

男性恐怖症の洋服補修士の纏子、男だけど女性服が好きなデパート店員の芳。服飾美術館を舞台に、洋服と、心の傷みに寄り添う物語。

藤岡陽子著

手のひらの音符

45歳、独身、もうすぐ無職。人生の岐路に立ったとき、〈もう一度会いたい人〉を思い出した——。気づけば涙が止まらない長編小説。

白尾　悠著

いまは、空しか見えない

R-18文学賞大賞・読者賞受賞

あなたは、私たちは、全然悪くない——。暴力に歪められた自分の心を取り戻すため闘う少女たちの、希望への疾走を描く連作短編集。

宮木あや子著

花宵道中

R-18文学賞受賞

あちきら、男に夢を見させるためだけに、生きておりんす——江戸末期の新吉原、叶わぬ恋に散る遊女たちを描いた、官能純愛絵巻。

佐藤愛子著

こんなふうに死にたい

ある日偶然出会った不思議な霊体験をきっかけに、死後の世界や自らの死へと思いを深めていく様子をあるがままに綴ったエッセイ。

深沢潮著

縁を結うひと

R-18文学賞受賞

在日の縁談を仕切る日本一の「お見合いおばさん」金江福。彼女が必死に縁を繋ぐ理由とは。可笑しく切なく家族を描く連作短編集。

深沢潮著

かけらのかたち

「あの人より、私、幸せ?」人と比べて嫉妬に悶え、見失う自分の幸福の形。SNSにはあげない本音を見透かす、痛快な連作短編集。

柚木麻子著

私にふさわしいホテル

元アイドルと同時に受賞したばっかりに……。文学史上もっとも不遇な新人作家・加代子が、ついに逆襲を決意する！ 実録(!?)文壇小説。

柚木麻子著

BUTTER

男の金と命を次々に狙い、逮捕された梶井真奈子。週刊誌記者の里佳は面会の度、彼女の言動に翻弄される。各紙絶賛の社会派長編！

辻村深月著　ツナグ
吉川英治文学新人賞受賞

一度だけ、逝った人との再会を叶えてくれるとしたら、何を伝えますか——死者と生者の邂逅がもたらす奇跡。感動の連作長編小説。

辻村深月著　ツナグ　想い人の心得

僕が使者(ツナグ)だと、告げようか——？　死者との面会を叶える役目を継いで七年目、歩美に訪れる決断のとき。大ベストセラー待望の続編。

辻村深月著　盲目的な恋と友情

まだ恋を知らない、大学生の蘭花と留利絵。やがて蘭花に最愛の人ができたとき、留利絵は。男女の、そして女友達の妄執を描く長編。

三浦しをん著　私が語りはじめた彼は

大学教授・村川融をめぐる女、男、妻、娘、息子……それぞれの「私」は彼に何を求めたのか。人間関係の危うさをあぶり出す、連作長編。

三浦しをん著　風が強く吹いている

目指せ、箱根駅伝。風を感じながら、たすき繋いで、走り抜け！「速く」ではなく「強く」——純度100パーセントの疾走青春小説。

三浦しをん著　きみはポラリス

すべての恋愛は、普通じゃない——誰かを強く大切に思うとき放たれる、宇宙にただひとつの特別な光。最強の恋愛小説短編集。

新潮文庫最新刊

早坂吝著
VR浮遊館の謎
—探偵AIのリアル・ディープラーニング—
探偵AI×魔法使いの館！ VRゲーム内で勃発した連続猟奇殺人!? 館の謎を解き、脱出できるのか。新感覚推理バトルの超新星（スーパーノヴァ）！

E・アンダースン
矢口誠訳
夜の人々
脱獄した強盗犯の若者とその恋人の、ひりつくような愛と逃亡の物語。R・チャンドラーが激賞した作家によるノワール小説の名品。

本橋信宏著
上野アンダーグラウンド
視点を変えれば、街の見方はこんなにも変わる。誰もが知る上野という街には、現代の魔境として多くの秘密と混沌が眠っていた……。

G・ケイン
濱野大道訳
AI監獄ウイグル
監視カメラや行動履歴。中国新疆ではAIが〝将来の犯罪者〟を予想し、無実の人が収容所に送られていた。衝撃のノンフィクション。

高井浩章著
おカネの教室
—僕らがおかしなクラブで学んだ秘密—
経済の仕組みを知る事は世界で戦う武器となる。謎のクラブ顧問と中学生の対話を通してお金の生きた知識が身につく学べる青春小説。

早野龍五著
「科学的」は武器になる
—世界を生き抜くための思考法—
世界的物理学者がサイエンスマインドの大切さを語る。流言の飛び交う不確実性の時代に、正しい判断をするための強力な羅針盤。

希望(きぼう)のゆくえ

新潮文庫　て－12－1

令和　六　年　三　月　一　日　発　行
令和　六　年　四　月　五　日　二　刷

著　者　寺(てら)地(ち)はるな

発行者　佐藤隆信

発行所　株式会社　新潮社

郵便番号　一六二―八七一一
東京都新宿区矢来町七一
電話　編集部(〇三)三二六六―五四四〇
　　　読者係(〇三)三二六六―五一一一
https://www.shinchosha.co.jp

価格はカバーに表示してあります。

乱丁・落丁本は、ご面倒ですが小社読者係宛ご送付ください。送料小社負担にてお取替えいたします。

印刷・錦明印刷株式会社　製本・錦明印刷株式会社

ISBN978-4-10-104951-9 C0193